ぎこちない誘惑

椎崎　夕

幻冬舎ルチル文庫

CONTENTS ✦目次✦

ぎこちない誘惑

✦イラスト・陵クミコ

✦カバーデザイン＝清水香苗（CoCo.Design）
✦ブックデザイン＝まるか工房

ぎこちない誘惑

その常連客は、カフェ「華色《はないろ》」のスタッフの間で「窓辺さん」と呼ばれていた。

1

ガラス張りになった店の出入り口扉が開いた時、末廣《すえひろ》慎《まこと》は近くのテーブルを片づけていた。音と気配に顔を上げ、意識して「いらっしゃいませ」と声を張り上げる。

「はい、こんばんは。奥の席、空いてるかな？」

「あ、はい。でもあの、窓際も空いてます、けど」

反射的にそう答えてしまったのは、自動ではない扉を手で押さえたスーツ姿の相手が常連客であり、決まって窓辺の喫煙席を選ぶ人だったからだ。

「ありがとう。けど、今日はちょっと連れがいてね。人目につかなそうな奥の方が都合がいいんだけど」

「今、空いたばかりで片づけがまだなんです。それと、あそこの席は禁煙で」

「禁煙、了解です。おとなしく待つから奥の席行っていいかな？」

柔らかに言う常連客――通称「窓辺さん」は年齢三十代半ばの男性で、シルバーの細いフレームの眼鏡と人懐《ひとなつ》こい笑顔が印象的な人だ。顔は覚えているが、慎が接客するのはこれが初めてになる。

すまなそうに首を傾《かし》げた「窓辺さん」が、ちらりと背後を気にする素振りを見せる。そこに「連れ」らしい年配の男女を認めて、危うく顔を顰《しか》めそうになった。寸前で堪《こら》えて、自分でもぎこちないとわかる笑顔を作る。

「かしこまりました。すぐに片づけますので、どうぞ」

「ありがとう。勝手を言って悪いね」

すまなそうに言われて、急いで首を振った。途中だったテーブルの片づけを手早く終わらせて、慎は奥のテーブルへと向かう。片づけをすませて待っていた「窓辺さん」たちを案内し、新しい水を運んでいく。オーダーを受けてカウンターに引き返しながら、どうにも後ろ髪を引かれる思いがした。

「ねえ。窓辺さん、今日はどうして奥の席にいるの？」

カウンターの奥にオーダーを告げて待機に戻ろうとした時、横から正社員スタッフの佐原《さはら》に声をかけられた。ついでのようにくいくいとシャツの袖《そで》を引かれて、慎は困惑する。

「……連れがいるからって言ってましたけど」

「珍しいー。窓辺さんていつもひとりで来てたし、あの席だと煙草吸えないのにね」

言って、彼女はさりげなく奥のボックス席を眺めている。つられて目を向けると、「連れ」だという年配の男性がベンチシートの中央に座って力説しているのが見えた。噂《うわさ》の「窓辺さん」はその向かいの壁側にいるらしく、目に入るのは通路側に座る年配の女性客ばかりだ。「窓辺さん」というのは、この店のスタッフがつけたあの常連客の呼び名だ。定期的に顔を合わせオーダーの癖を熟知し、ある程度雑談するような間柄になっても、スタッフ側が客の名前を知る機会は滅多にない。結果としてスタッフ間のみで通じる呼び名が定着するわけだ。

ちなみにあの客に関しては、「窓辺さん」か「煙草さん」かで意見が割れたのだそうだ。由来はとてもわかりやすく、「いつも必ず窓辺の席で煙草を吸っているから」だった。

「どういう連れかなあ……雰囲気、何か変じゃない？　友達とか同僚って感じじゃないし」

「ねえ」と訊《き》かれても、そもそも佐原とも「窓辺さん」とも親しくない慎には反応のしようがない。カウンターにオーダーの品が出てきたのを幸いに、慎はトレイを受け取ってフロアに出た。指示されたテーブルにサンドイッチのセットを運び、空いたばかりのテーブルを片づけにかかる。午後七時という時間帯もあって、席の七割が埋まっていた。

カフェ「華色」は、JR線と各種の私鉄が交わる駅前の通りにある、商用ビルの一階に入っている。近くに地下鉄の駅まであるため、平日休日を問わず人通りが絶えないという、飲食店としては恵まれた立地だ。ビルそのものは古いがカフェの外観・内装は二年前に改装したとかでまだ新しく、本格的なコーヒーとボリュームのある軽食メニューが評判で、タウン誌の類《たぐい》にもたびたび掲載されているらしい。

慎がここでアルバイトを始めたのは、十日ほど前のことだ。知り合いの紹介で半ばねじ込む形で入って働き始めた二日目に、初めて「窓辺さん」を見かけた。

「……からねえ、この場合は――」

興が乗ってきたのか、奥のテーブルで喋《しゃべ》っていた年輩男性の声が高くなる。

人に聞かせることを十分に意識した声は、おそらく客観的には「いい声」の部類だ。何も知らなければ引き込まれてしまいそうな響きを伴っているが、あいにく内容は慎にとって不愉快なものでしかない。嫌悪に歪《ゆが》んだ顔を隠すように俯《うつむ》いて、慎はことさら丁寧にテーブルを拭《ふ》いていく。

断片的に聞こえる「窓辺さん」の声は押され気味のようで、余計に気がかりだった。使用済みのグラスと皿を下げる途中、表情を殺して様子を窺《うかが》うと、壁際に座った「窓辺さん」はテーブルの上で指を組んで、年配男性の言葉を聞いている。

(ありがとう。勝手を言ってごめんね)

数分前に向けられた柔らかい声を思い出すなり、身体《からだ》が先に動いていた。カウンター横に置いてあった水差しを摑《つか》んで、慎はまっすぐに奥のテーブルへと向かう。

「失礼いたします。お冷やはいかがでしょうか」

「あ、じゃあこっちお願いします」

真っ先に答えたのは、奥の席にいた「窓辺さん」だ。年配男性はむっとしたような顔で口を噤《つぐ》んでしまったし、年配女性は鬱陶《うっとう》しそうな視線を向けてきた。

作り笑顔のままで、慎は女性客越しに「窓辺さん」の前のグラスを手に取る。八分目まで水を注いで元の場所に戻すと、手を引く時にわざと指先をグラスに引っかけた。

「……！　ちょっと、何やってるの⁉」

声を上げて席を立った年配の女性客が、慎を押しのけるように通路に出てくる。「窓辺さん」はと言えば、倒れたグラスから溢《あふ》れ出た水を自分の上着で受け止めていた。

「うっわ、ごめん、タオルか何かないかなあ？」

さほど慌てた様子もなく慎を見上げて言う様子に、「こんな時まで暢気《のんき》すぎないか」と頭のすみで思った。それでも、反射的に謝罪の言葉が口をついて出ている。

「失礼しました！　すみません、お客さま、こちらに出てきていただけますか」

「どうしました？　何か――……申し訳ありません！　大丈夫ですか⁉」

騒ぎを聞きつけてやってきた佐原は、一目で状況を把握したらしい。偶然なのか用意がいいのか、手にしていた台拭きでテーブルの端に流れた水をせき止め、苦情を言い立てる女性客に謝っている。

「お客さま、申し訳ありません。すぐにタオルを用意しますので、こちらに」

「あー……やっちゃったねえ。ごめん、迷惑かけます」

そう言って奥の席から出てきた「窓辺さん」が持つスーツの上着は、こぼれた水の大部分を吸ったらしく、裾から滴《しずく》が落ちていた。受け止めきれなかったようで、スラックスにも濃い染みが浮かんでいる。

「末廣くん、ここはいいからそちらのお客さまを奥に。タオルの場所わかる？」

「はい。すみません」

後始末を佐原に頼んで、慎は「窓辺さん」を奥のスタッフルームに案内する。

事務室の隣にあるスタッフルームは業務用の戸棚と従業員用のロッカーが並ぶ狭い空間で、実質的には更衣室だ。交替の時間帯以外は無人なのが常だが、今はそれがありがたかった。

「狭いところで申し訳ございません。すぐにドライヤーで乾かしますので、ズボンを脱いでいただけますか？　あと、クリーニングを手配いたしますので」

「あ、いや大丈夫。上から拭くからタオルだけ貸してくれる？　クリーニングはありがたいけど、下着で電車に乗って露出狂扱いされるのはちょっと困るからね」

「ですが」

冗談めかした言葉に、言われてみればと固まった手から「借りるよ」とタオルを取られた。穿《は》いたままのスラックスの上から水気を取っていく手際を眺めながら、慎は受け取った上着を手近のテーブルに広げる。乾いたタオルで軽く押さえただけでぐしょ濡《ぬ》れになる様子に少しやりすぎたかと反省し、もう一度謝罪した。

「それでは、ひとまず上着だけお預かりして、クリーニングに出させていただきますね。ズボンの方は、お手数とは思いますが後日お持ちいただけますでしょうか」

「ん、いいよ。吊《つる》しで買ったしそこそこ着たし、こぼしたのはただの水なんだし」

新米アルバイトの立場にはありがたいはずの返答が、今はひどく神経に障《さわ》った。声が尖《とが》るのを自覚しながら、慎はあえて言う。

「そんなわけには……お連れさまにもご迷惑をおかけしてしまいましたし、大事なお話の邪魔をしてしまったようで」

「連れと言っても知人の知り合いの顔見知りくらいの人で、ほとんど初対面なんだよ。さっき、ここに来る前に話があるって声をかけられてねえ。いい儲《もう》け話だって聞いたけど」

けろりと言われた瞬間に、頭のすみで何かが切れた音がした。

「……あんた、馬鹿ですか」

ぽろり口から出た声は、自分の耳にもかなり厭《いや》な感じに聞こえた。

タオルでぽんぽんとスラックスを叩《たた》いていた「窓辺さん」が驚いたように目を見開くのに、慎はつけつけと言った。

「いい儲け話も何も、あれって世に言うネズミ講ですよ。理論上あり得ないことははっきりしてるし、そもそも違法です。仲間に入ったところで上の連中に吸い取られて丸損して、親類縁者や友達や知り合いから縁切られるのがオチです」

「え、そうなんだ？　あれってそういうもの？」

「……話を聞いてて、おかしいと思いませんでしたか。このご時世にそんな簡単で豪勢な話があれば、誰も苦労しませんよ。第一、そんな儲け話をほぼ初対面の相手にほいほい教えるはずがないじゃないですか」

怒鳴りつけたい衝動を抑えて極力丁寧に言った慎に、「窓辺さん」はきょとんとする。

「さっき座ってた場所。壁際の奥って、向こうに誘導されたんですよね？」

「そうだけど、よくわかるねえ」

「常套手段《じょうとうしゅだん》じゃないですか。カモを逃がさないために囲い込むんですよ」

「窓辺さん」がいたあの位置では、女性客が動かない限り、帰るどころか席を立つこともできないのだ。

「あー……何か強引っていうか無理やりだなあと思ったら、そういうわけかー」

「どうされますか。今、ここからなら裏から外に出ることもできますけど」

「うーん。ありがたいとは思うけど、そうなると感じ悪くないかなあ……話を聞くだけなら害もないだろうし。大丈夫だよ、最終的に断ればすむことだから」

タオルを使う手を止めずにのんびりと言う様子に、とうとう堪忍袋の緒が切れた。——切れたことに、握ったタオルごと拳《こぶし》でスーツを殴りつけたあとで気がついた。

「……だから、そう簡単に逃げられないってさっきから言ってんだろ！　あんた、人の話、まともに聞いてんのかよ⁉」

「……末廣⁉　おまえ、何やってるんだ！」

狙ったようなタイミングで開いたスタッフルームのドアから、店長が入ってくる。険しい声とともに肩を摑まれたかと思うと、力ずくで上から頭を押さえられた。

「申し訳ありません！　大変失礼いたしました、末廣がご迷惑をおかけしたようで」

平謝りする店長の声を聞いて、スイッチが切れたように慎は我に返った。たった今、自分がやらかしたことを思い出してざあっと全身から血の気が引く。

「上着はこちらでお預かりして、クリーニングさせていただきます。本日のお代は結構ですし、お帰りの際はタクシーを手配いたします。本当に、失礼をいたしまして申し訳ございませんでした。――末廣、おまえも謝りなさい！」

言葉に詰まった慎がやっとのことで謝罪を口にしようとした、その時だ。

「ああ、いえ。すみません、僕が」

目の前にいた「窓辺さん」が、制止するように手を振って困ったふうに笑って続ける。

「僕が悪かったんです。以前からやめるよう何度も彼から言われていたことを、今そこでやってしまったもので。実は、彼――末廣くんとは以前からの知り合いなんですよ」

寝耳に水の言葉に、ぎょっと顔を上げていた。目が合うなり人懐こい笑顔を向けられて、慎はつい俯いてしまう。

「末廣とですか。――初めて聞きましたが」

「末廣くん本人から口止めされていましたからね。馴《な》れ合いはよくないから、ここでは知らない振りをしようってことで」

もっともらしく落ち着いた物言いに、慎と「窓辺さん」とを見比べていた店長が表情を移すのがわかる。大混乱している慎をよそに、「窓辺さん」は苦笑混じりに続けた。

「なので、彼を責めないでいただけませんか。悪いのは僕の方ですし、彼もわざわざ僕をここまで連れ出して注意してくれたんですから。お騒がせして手間を取らせたのは、この通りお詫《わ》びします」

言ってその場で頭を下げた「窓辺さん」に、店長が驚いたような声を上げる。

「いくらお知り合いでも、店内ではお客さまです。暴言は違っていたにしても、こんなふうに水までかけてしまったとなると」

「あ、それも違うんです。僕が早く手を出し過ぎて、彼の邪魔をしたからああなったんですよ。むしろ、お詫びしなければならないのは僕なんです」

「ですが、そう仰《おっしゃ》られても――」

頑固に言い募《つの》る店長に、「窓辺さん」は弱った顔をした。

「しつこく勧誘されて振り切れずに苦労していたところを、末廣くんの機転で助けてもらったようなものなんです。騒ぎになったのは本当に申し訳ないんですが、それを理由に彼にペナルティをつけるのだけは勘弁してもらえませんか。こちらの都合で勝手ばかり言っているのは承知していますし、何かの弁償が必要でしたら僕がしますから」

心底申し訳なさそうな声音《こわね》だけでなく、内容にも店長は驚いたらしい。慎を見る目からは今まであった怒気が半分以下に減っていて、いったい何が起きたのかと思った。

「わかりました。そこまで仰るのでしたら、今回は不問にします。――末廣くん、きみはきちんと謝りなさい」

低い声で言われて、慎は慌てて謝罪した。

「申し訳ありません！　上着のクリーニング代は、おれが」

「すぐ乾くから大丈夫。気にしてくれてありがとう。あと、迷惑かけてごめんね？」

軽く屈《かが》んで言ったかと思うと、「窓辺さん」はいきなり慎の頭を撫《な》でてきた。いきなりのことに反応できずにいる慎の顔を覗《のぞ》き込むようにして言う。

「忠告通り、あの人たちの誘いはちゃんと断ります。あと、バイトの邪魔をして悪かった。もう二度とやらないから、出入り禁止とか言わないでくれる？」

親しげな物言いも態度も以前からの知り合いであれば違和感のないものだけに、反応に窮して固まってしまった。これでは店長が不審に思うだろうと焦った慎の前で、「窓辺さん」は悄然《しょうぜん》とため息をつく。

「あ。やっぱり怒るかあ……そりゃそうだよねえ。ごめん、本当に反省してますって。お詫びに今度、知り合いにここのカフェを宣伝しておくよ。あと、末廣くんには食事でも奢《おご》るから。ね？」

促すような視線に応《こた》えて、慎はどうにか頷《うなず》く。とたん、彼はほっとしたように笑った。

「よかった。安心したよ。――本当にすみませんでした。もう、こんなことはないように気をつけますので」

後半の謝罪は店長に向けられたものだ。恐縮したように会釈を返して、店長は言う。

「いえ。こちらこそ、失礼いたしました。ですが、上着のクリーニングは……」

「結構です。水がかかったくらいでクリーニングに出してたら、僕みたいな粗忽者《そこつもの》はあっという間に破産しますよ。ただ、このままでは持ち帰れないので、ビニール袋だけいただければ助かります」

「わかりました。すぐに。――末廣、用意して」

「あ、はい」

急いでスタッフルームを出て、カウンター横の棚に駆け寄った。大きめのビニール袋を取って戻ると、店長が「窓辺さん」に詫びながらドリンクチケットを渡している。

困惑顔だった「窓辺さん」が、慎を見るなり笑顔になる。ビニール袋を差し出すと、「ありがとう」と礼を言われた。

店長から仕事に戻るように言われて、慎は一足先にフロアに引き返す。すぐに、心配顔の佐原から声をかけられた。

「あ、……大丈夫です。その、……『窓辺さん』に庇《かば》ってもらって」

「そうなんだ？　でも、今度から気をつけてね。間が悪いとお客さまに怪我させることになりかねないからね」

「はい。すみませんでした。ありがとうございます」

もっともだと思って礼を言うと、佐原はやけにしみじみと慎を見た。

「末廣くんて、損な性分よね。こんなに素直なのに、傍目《はため》にはわかりにくいっていうか。本当は、うちの弟に爪《つめ》の垢煎《あかせん》じて飲ませたいくらい可愛《かわい》いのに」

「…………」

コメントに詰まって、慎は曖昧《あいまい》に首を振る。その時、紙袋を手にした「窓辺さん」と店長がフロアに出てきた。別のボックス席で待っていた「連れ」に何事か声をかけ、連れだって店を出ていく。

最後に出入り口の扉を出ようとしていた「窓辺さん」が、ふいに振り返る。まともに視線がぶつかったかと思うと、満面の笑顔で手を振られた。数秒呆気《あっけ》に取られてから、慎は慌てお辞儀を返す。長身の背中が消えるまでを見届けた。

2

バイトを終えた慎が店をあとにしたのは、午後九時を二十分ほど回った頃だった。

閉店後の清掃を終えたあとで、店長に呼ばれたのだ。覚悟していた叱責《しっせき》は予想外に短く、「今回は特例だから、いつもうまくいくとは思わないように」で終わった。

ほっとすると同時にぐったりと疲れた気分になって、慎は通用口から外に出る。

五月の大型連休が終わって間もない今は、夜ともなればまだ上着が必要になる。戸外に出るなり感じた肌寒さにジャンパーを羽織りながら、慎は「窓辺さん」を思い出している。

何のかんの言ったところで、答えはひとつだ。あの時、「窓辺さん」は間違いなく慎を庇ってくれた。

わからないのは、彼がそうした理由だ。

「窓辺さん」は、フルネームを「加藤嘉仁《かとうよしひと》」という。職業はシステムエンジニア――いわゆるコンピュータープログラム関係の専門家で、業界でも中堅どころの会社の開発課の課長職にある。正確な年齢は慎よりちょうどひと回り年上の三十四歳で職場から電車を乗り継いで三十分の距離にあるマンションでひとり暮らしをしている。

慎は「窓辺さん」――加藤についてそれ以上のことを知っているが、加藤にとっての慎は行きつけのカフェに最近入った店員でしかないはずだ。実を言えば、慎が「華色」でアルバイトを始めた目的は、加藤と自然にさりげなく知り合うきっかけを作ることにあった。

常連と言っても毎日やってくるわけではないから、慎が「華色」で加藤を見かけたのは今日で四回目だ。過去三回は遠目に眺めただけで、声をかけることもできなかった。だからこそ、なおさら首を傾げてしまう。

ほぼ初対面の相手を、あの状況であんなふうに庇う人なのだろうか。本当の知り合いにするように、あんな笑顔を向けて？

「お疲れさま。遅くまで大変だね」

ぼんやり考えていたせいか、横合いから聞こえた声にぎょっとした。泡を食って振り返ったせいで足が止まってつんのめり、ぐらりと視界が斜めになる。転ぶ、と思った直後に腕を摑まれて力強く引き戻された。

「ごめん、びっくりさせるつもりはなかったんだけど……大丈夫かな？」

声を聞いたあとで、やけに近くで煙草の匂いがすることに――自分が、誰かに抱え込まれた格好になっていることに気がついた。

「う、わ……！」

反射的に、相手の腕を押しのけていた。飛び退《の》くように離れて、傍《そば》のビル壁に背中を押しつける。びくびくしながら顔を上げて、慎は大きく目を瞠《みは》った。

「え、あの、な……んでっ？――」

「大丈夫だったかな。叱られたりしなかった？　間違ってたら申し訳ないけど、きみ、まだ学生さんでしょう。バイトに差し障りができると困るんじゃないかと思って」

最初はきょとんとしたふうに慎を見ていた相手――「窓辺さん」こと加藤に心配そうに訊

かれて、とても居心地が悪くなった。

「……おれ、いろいろ下手だしよく叱られるんで。それより、さっきは庇っていただいてありがとうございます。あと、余計なことを言ってすみません」

「どういたしまして。けど、余計なことって何？」

「おれ、部外者だし。本来、関係ないし」

訥々《とつとつ》と続けた慎に、加藤は「ああ」と笑った。

「とんでもない。僕はすごく助かったんだよ。きみに声をかけてもらわなかったら、まんまと引っかかってたかもしれないし」

「って、あの……さっきの人たち、は」

「店を出たあとで、お断りしてお引き取り願いました。ちょっと手こずったけどね」

「そうなんですか」と返しながら、ひどくほっとした。慎の様子に笑って、加藤は続ける。

「そう。それで、きみにきちんとお礼をしておきたいと思うんだけど」

「……は？」

「ちょっといいところで食事なんかどうかな。きみの都合に合わせるから、空いてる日にちとか教えてもらっていい？」

「……え？」

「あ、そうそう。別に僕は怪しい者じゃないから。えーとね、これ。名刺なんで、心配だったら確認して」

笑顔とともに小さな紙片を握らされて、頭の中が真っ白になった。

いや結構です十分ですと口走るなり、慎は全速力で駆けだしていた。呼び止める声を振り切るように走って走って最寄り駅の改札口を駆け抜け、ちょうどやってきた電車に飛び乗る。いつもの駅で電車を降りたあとも、振り返ることはもちろん、立ち止まることさえせずに自宅アパートに逃げ帰った。

やっとのことで足を止めたのは、自宅アパートの敷地に入ってからだ。ぜいぜいと肩で息を吐きながら、慎は手の中に握りしめていた紙片に気づく。

名刺だった。会社名と部署名、役職名が右側に連なっていて、中央に大きめの文字で「加藤嘉仁」とある。何げなく裏返すと、そこには十一桁の数字と英数字の組み合わせ——携帯電話のナンバーとメールアドレスが手書きで記されていた。

皺《しわ》になった紙片を眺めながら、いきなり「間違えた」ことに気がついた。

加藤を「誘惑」するために、あのカフェでアルバイトを始めたはずだ。せっかく向こうからやってきたチャンスを、よりにもよって自分から蹴倒《けたお》してしまった。

「……馬鹿かも」

落胆しながら、慎は名刺を鞄《かばん》のポケットに入れる。とぼとぼと、アパートに向かって歩き出した。

慎が暮らすアパートは、築五十年以上とかなり古い。作りもそれに準じたもので、部屋は六畳一間に一畳分の台所がついているが、風呂とトイレは共同になる。しかも、廊下と階段は「外」ではなく「中」にある。

昔の木造校舎の、教室それぞれが個室になっているような作りなのだ。玄関を入ると土間になった床が縦長に伸びていて、その右手に個室のドアが並んでいる。入ってすぐにトイレと二階への階段があり、一階の奥の突き当たりに風呂があるが、トイレは簡易洋式で一階にしかないし、風呂はガス釜式で手足を伸ばせないほど小さい。紹介してくれた不動産屋曰《いわ》く、「建物だけでなく設備も古いですし、防音も今ひとつなので若い人にはお勧めしていませんよ」という話だった。

慎がここに入居した理由は、ずばり家賃の安さだ。雨風をしのいで眠れる環境なら、安いに越したことはないというのが本音だった。

慎を除いた住人の平均年齢は七十を越えているため、このアパートにおける午後十時は真夜中に等しい。極力音を立てないよう玄関の鍵を開けていると、いきなり背後から「ちょっと」という声がかかった。驚いて振り返った先に見知った顔を見つけて、慎は息を吐く。

「今帰ったの。また、ずいぶん遅いねえ」

潜めた声で言う老女は、このアパートの大家だ。七十代後半ほどの白髪頭の女性で、いわゆる長屋のようにアパートと続きになった家でひとり暮らしをしている。寝間着の上にショールをかけた格好で古びた眼鏡を鼻の上に押し上げ、検分するようにじろじろと慎を見た。

「……すみません。うるさかったですか」

「別に。ここんとこ、ちょっと眠れないだけよ。それはそうと、昨日からどこかしらで猫の声がするって話が出てるんだけど……あんた、まさか連れ込んだりしてないだろうね？」

辛うじて表情を変えず、黙って首を振った慎に視線を当てたままで、大家は続ける。

「そんならいいんだけどね。どっか裏の方にでも潜り込んだのかもしれないから、見かけたら蹴っ飛ばしておいて頂戴。間違っても中には入れないようにね」

念を押すように言ってから、大家は少し曲がった背中で両手を組むようにして自宅の方へと戻っていった。

玄関から中に入り、風呂の追い焚きボタンを押したあとで、慎は二階の自室に向かった。

偶然ではなく慎の帰りを待っていたのだと、何となく察しはついた。

家賃は期日内に納めているし、部屋にいる時も出入りする時も極力音は立てないよう気をつけて生活している。そのおかげか、隣に住む老女はたまに慎の顔を見てもふつうに挨拶《あいさつ》してくれるし、他の住人から苦情を言われたこともない。

それでも、大家は慎が気に入らないらしい。

着替えを手に一階に降り、音に注意して風呂を使った。温《ぬる》めのお湯に肩まで浸《つ》かりながら、よくあることだと諦《あきら》めの気持ちが湧《わ》いた。

今日のバイト先の店長もそうだが、顔を合わせた早々に慎を「気に入らない」相手と決める人は珍しくない。顔つきが暗い、返事が小さい、雰囲気が辛気くさい。ここ何年か言われ続けてきた言葉だからか、今はどうとも感じなくなった。

親しかった友達やその家族や、身内のはずの親類に避けられたり、目の前でドアを閉じられてしまうことを思えば、知人でしかない相手に嫌われるのはさほどきつくはない。

最後に入ったものの役目として共同風呂の掃除をすませた慎が部屋に戻ると、時刻は午後十一時を回ってしまっていた。

課題に取りかかる前にと、慎は奥にある押し入れを引き開ける。下の段に置いてある段ボール箱を覗き込むと、タオルの合間に埋もれた毛玉が呼吸に合わせて小さく上下しているのが見て取れた。

ちび、と呼んだ声は、音にならなかった。そっと伸ばした指先で小さな頭を撫でてみると、半分以上息のように鳴いたものの、そのまま寝入ってしまう。

――この子猫を拾ったのは、ほんの二日前のことだ。バイト帰りの夜、駅前からアパートに向かう途中で、細い悲鳴のような鳴き声を聞いた。声を辿《たど》って見つけた古びたバケツの底に溜《た》まった小指の先ほどの深さの水の中で、小さくもがいて鳴いていた。

捨て猫だと、察しがついた。どうしても見過ごすことができなくて、上着にくるんでアパートに連れ帰った。ぬるま湯で洗って乾かしてみると、子猫の毛の色はずっと昔、慎がまだ家族と暮らしていた頃に飼っていた猫と同じきじとらで、それを目にしたらもう放り出せなくなった。だからといって大学やバイトを休んでついていることもできず、昼休みや休講の時に帰ってきては様子を見ている。

幸いなことに子猫は自力でミルクを飲んだし、餌《えさ》を食べた。昨日は半分残っていた餌が今日はきれいになくなっているから、食欲も戻ってきたのだろう。まだ鳴き声は小さかったし、寝床とトイレをしつらえた箱から出る気力はないようだが、耳に入る呼吸音は昨夜よりもずいぶん落ち着いていた。

最初は怯《おび》えた様子だったが、慎にもようやく慣れてきた。今日の昼に帰ってきた時には、慎の顔を見るなりまだ力のない鳴き声を上げて、よたよたと箱の中を近づいてきた。

……飼ってやりたいのは山々だけれど、このアパートでは動物を飼うのは禁じられている。ペット可の部屋に引っ越すゆとりもない以上、早めに貰《もら》い手を探さなければならない。

子猫を起こさないようそっと襖を閉じた時に、耳慣れない電子音が鳴った。はっとして、慎は鞄のポケットを探る。中には携帯電話が二台あるが、鳴っていたのはシルバーの方だ。開いて耳に当てると、すぐに聞き慣れた声がする。

『慎くんか。今どこかね。アパートか？』

「はい、そうです」

即答したあと、何を言えばいいかわからなくなった。半端に黙った慎に焦《じ》れたふうもなく、相手——慎が通う大学の教授であり、慎の身元引受人でもある高垣《たかがき》は淡々と言う。

『遅い時刻にすまないね。明後日の約束だが、急な用が入って午前中から外出することになったんだ。明日に変更したいんだが、昼休みは空いているかね？』

「大丈夫です。では明日の昼、研究室までお伺いするということでいいでしょうか」

『それでいい。昼食は一緒に摂《と》るから、午前の講義が終わったら、すぐに来なさい』

一言で了承して、先方が通話を切るのを待った。待ち受け画面に戻った携帯電話を眺めて、慎は小さく息を吐く。

慎は、高垣から学費の援助を受けているのだ。要望が何であれ拒否する立場にはないし、そうするつもりもない。

けれど、このタイミングでの呼び出しはかなり心臓に悪い。もしやバレたのではないかと、考えるだけで胃が痛くなってきた。

シルバーの携帯電話の音を消してポケットに押し込むと、今度はもうひとつの——青い方の携帯電話を取り出す。簡単にメールを打った。

この携帯電話に登録しているアドレス、電話番号とも、特定の一人分だけだ。シルバーの方が高垣専用であるように、こちらは別の相手専用でしか使わない。

打ち込んだ内容は、今日の報告だ。「バイト」がどの程度進んだかを、毎日メールで知らせること。それも、契約のうちに入っている。

昨日までよりも長くなった内容を二度見直してから、送信ボタンを押した。重い鞄を畳に下ろすと、はずみでローテーブルの上に積んでいた紙の束がばさりと下に崩れて落ちる。拾い上げた書類の中に、「加藤嘉仁」という名前を見つけた。

そこに羅列された会社名や肩書きは、先ほどの名刺にあったものとまったく同じだ。現住所や生年月日に略歴まで記された横に、ほんの一時間前に見て話したばかりの人の好《よ》さそうな笑顔の写真が貼《は》られていた。

「あの人。なんっにも、知らないんだろうなあ……」

ローテーブルの前に腰を下ろして、慎は青い携帯電話の音を消す。先ほど送ったばかりの報告メールを表示した。

――加藤さんと個人的に接触した。こっちの名前は覚えてくれたようなので、次回のバイトの時に声をかけてみる。

3

事の起こりは、今年度の授業料の入金だった。

約十日前――大型連休を目前にした四月の末に、慎は高垣に呼ばれてキャンパス内にある彼の研究室に出向いて、今年度分の授業料その他を受け取った。

去年は高垣が直接振り込んでくれたのだが、今回は諸々《もろもろ》の理由でそれができそうにないというのだ。現金で渡すから、慎が自分で振り込むようにということだった。

礼を言って包みを受け取りまっすぐに最寄りの指定銀行に向かう途中で、自転車に乗ったひったくりに遭った。用心のため斜めがけに直そうとしたタイミングで、いきなり背後から自転車ごとぶつかられた。

愛用の肩掛け鞄を奪われたと、気がついたのは顔から転んだ直後だ。ぱっと目をやると見慣れた鞄を下げた自転車が猛スピードで遠ざかっていくところで、やっとのことで「泥棒」と声を上げたものの、反応が遅すぎた。

一部始終を見ていた通行人が通報してくれ、やってきた警察に事情を説明し被害届も出した。けれど、犯行があまりにも素早かった上に犯人が目深《まぶか》に帽子を被《かぶ》りサングラスまでかけていたせいで、人相はもちろん年齢すらもはっきりしなかったのだ。結果、「捜査はするが犯人がいつ見つかるとは断言できない」――つまり、奪われた金が当面どころか今後戻ってくるとは限らないと言われてしまった。

慎の鞄は、半日後に見つかった。勉強道具や細々《こまごま》としたものはそっくり残っていたけれど、授業料が入った封筒と財布は影も形もなくなっていた。財布にはさほど現金が入っていなかったし、通帳やカードといったものを持ち歩く習慣はなかったから、実質的な被害は授業料ということになった。

授業料の入金期日は、春の大型連休前日に設定されている。期限内に入金しなければ除籍扱い——つまり自主退学ではなく、強制退学という形になってしまうのだ。つまり、もう大学にはいられなくなる。

考えただけで、身震いがした。

どうしても勉強したくて、本来甘えられる相手でもない高垣の厚意を受けて入った大学だ。一年分の授業料を受け取っておいて除籍になるなど、自分で自分が許せない。

……だからといって、今の自分に何ができるというわけでもない。

慎には、親兄弟がいない。厳密には「いない」わけではないが、いっさい頼れないという意味では同じだ。せめて前期分だけでもどうにかならないかと手持ちの金額を計算してみたけれど、そもそも慎が援助を受けているのは授業料のみで、生活費はもちろん教科書代や資料代といった勉強に必要なものもすべてバイト料でまかなっている。一年分の授業料その他は総額で七桁に及んでいて、半分と考えたところで到底準備できる金額ではなかった。

絶望的な気持ちでいつ退学届を出そうと思案していた翌日の午後、大学の学生食堂にいた時に、——「彼女」から声をかけられたのだ。

(末廣さんよね? 理学部数学科、二年の)

顔を上げてまず「女の子だ」と思い、次いで「知らない顔だ」と認識した。

慎が所属する理学部は圧倒的に男が多いが、女の子がいないわけではない。けれど、「彼女」は明らかに異質だった。くるくるとカールした髪は肩に届くほどで、目許《めもと》に色を入れ唇をつやつやさせる化粧をした小作りの顔と、両耳で光るピアス。着ている服はパステルカラーのふわりとしたものだ。細くて白い喉《のど》許に、ピアスと同じ青い石のネックレスが光っているのが印象に残った。

大学内外を問わず、慎は友人を持たない。たびたび講義で顔を合わせ、頼まれてノートを貸す相手ならいるが、彼らはあくまで知人であって、講義とは無関係な場所ではいっさい声をかけてこない。

（相談なんだけど。末廣さん、ちょっとしたアルバイトをする気はない？　誰にも秘密のバイトだけど、その分時給は奮発するわ。末廣さんにぴったりっていうか、末廣さんにしかお願いできないのよ）

（――……無理。授業料、払えないし……もう、大学は辞めるしか）

（授業料って何。どうかしたの？）

いつもの慎なら、絶対他人には言わないはずの事情だ。けれど、この時はあまりのショックに自失していて、訊かれるままに昨日からの経緯を話してしまっていた。

（訊いていい？　末廣さん、ここの高垣教授と個人的な関係があるっていうの、本当？）

問いの唐突さを怪訝には思ったけれど、素直に頷いた。そうしたら、「彼女」はやけに嬉《うれ》しそうな顔になった。

（だったら話は早いわ。その授業料、あたしが出してあげる。代わりにバイトの話は受けてくれるわよね？）

呑《の》まれるように見返した慎の腕を引っ張って、「彼女」はにっこりと笑った。

（これからすぐに行きましょ。今なら銀行も開いてるはずよ）

言葉通り、強引に大学から連れ出された。前日には行きそびれた銀行の窓口近くで、「彼女」は厚みのある封筒を躊躇《ためら》いなく慎に差し出した。

（はい。前期分だけど、払ってきちゃって）

……今考えてみても、あの時の慎は壊れていたと思う。バイトの具体的な内容も期間も確かめずに、「彼女」の言葉に背中を押されて、前期分の授業料を入金してしまった。

（実はねえ。とある人と親しくなって、ついでに誘惑してほしいのよ）

銀行の帰りに連れ込まれた場所は、慎にはまったく馴染《なじ》みのないコーヒー専門店だった。もっとも奥まった席の壁際に慎を座らせて、「彼女」はおもむろにそう言った。

その、「とある人」というのが、加藤だったのだ。どうやら専門機関に頼んだとおぼしき個人情報満載の書類の束を差し出して続けた。

（とっかかりとして、この人の行きつけのカフェのアルバイトを押さえておいたわ。今日、このあと面接に行きましょう。その人がよく行く時間も調べてあるから外さないでね）

（親しくなる、まではいいけど……誘惑って、何――だいたい、もうバイトは詰まってて）

（そっちは辞めてちょうだい。全部とは言わないけど、カフェの方を優先してね。でないと、顔を合わせる場所も機会もなくなるでしょ。あくまで自然にさりげなく知り合って、傍目に怪しく見えるくらい親しくなってもらいたいのよ）

（……は？）

「親しく」はいいとして、「誘惑」だとか「怪しく見える」とはどういうことなのか。ぽかんとした慎を眺めて、彼女は満足げに笑ったのだ。

（ベストなのは恋人関係になってもらうことなんだけど、無理なら一度既成事実を作ってくれたら上出来よ。達成した時には後期分の授業料を特別手当で出してあげてもいいわ）

あっけらかんと言われた内容に、別の意味で目の前が真っ白になった。ここで黙ってはまずいと、慎はやっとのことで言ったのだ。

（あの……おれ、男なんだけど……それに、この加藤って人、どう見ても男……）

（だから何。高垣教授にバレなきゃいいんでしょう？）

さらに意味不明の言葉を何とか追及して、慎はようやく「彼女」が思い違いをしているのを知った。

（あなた、物理学部の高垣教授の愛人なんですって？　人嫌いで有名な教授に研究室に呼び出されたり一緒に食事をしたりしてるって、学内でも有名じゃない。あと、服とか買ってもらったりもしてるのよね？　まさか、授業料まで出してもらってるとは思わなかったけど）

検分するように上から下まで慎を見て、「彼女」は続けた。

（そういう系の人って、あなたみたいな人が好みなのねえ。あたしにはよくわからない趣味だけど。……まあ、どっちでもいいけど、なるべく急いでお願いね）

（いや、あの違……高垣先生は、おれの親類で）

（その言い訳、対外的なカムフラージュなんだろうけど、通じてないわよ。親類にしては他人行儀だし、どこも似てるところがないって）

呆《あき》れ声で言った「彼女」が、思い出したようにバッグから青い携帯電話を取り出す。慎の前に押しやって言った。

（あなた、携帯電話を持ってないんでしょう。これは連絡用ね。あたしのアドレスとナンバーは登録してあるから、状況は毎日報告して。基本はメールでいいけど、報告もバイト料のうちだからくれぐれも忘れないように）

とんでもないことになったと、思い至ったのはその時だ。そんなのは無理だ、できるわけがないと訴えると、彼女は白々と慎を眺めて言った。

（もうバイト料は払ったわよね。貰うものだけ貰ったらあとは知らないってこと？　それとも、今すぐに全額返してくれるわけ？）

文字通り、ぐうの音も出なかった。

すでに講義が始まっている今、退学したところで前期分の授業料は戻らないのだ。高垣に言わない、大学も辞めたくないのなら、この「バイト」をきちんとこなす以外にない。それに、金にだらしのない人間だと思われることはどうしても避けたかった。

長く続いた沈黙のあとで、慎はこれだけは訊いておこうと声を絞る。

（あの、さ。その相手の人って、まさか既婚者だとか恋人がいるとか言う？）

男同士ということもさることながら、わざわざ金で人を雇って「誘惑」させようと言うなら何か後ろ暗い理由があるはずだ。そう思っての問いに、「彼女」は肩を竦《すく》めて慎が先ほど受け取ったばかりの書類をさす。

（結婚歴なしの独身で、ここ一年は恋人なしだそうよ。その書類に書いてあるわ）

（……何で、そういう人にこういうことを仕掛けるわけ。意味ないんじゃないのか？）

（意味があるかないかはあたしが決めるの。ついでに、あなたにはもう選択権はないってことを忘れないようにね。なるだけ早く誘惑して、モノにしてちょうだい）

強い口調で言われて、慎は返事に詰まる。ややあって、どうにか言った。

（誘惑までは、無理かもしれないけど……親しくなる、くらいなら）

（いいけど、そこは最低のラインよ。最終的には写真を撮ってもらうことになるからね）

何の写真だとは思ったけれど、問い返すだけのゆとりはなかった。

受け取った書類と携帯電話を手に、慎は里穂子《りほこ》と名乗った「彼女」に連れられて、ふだんは使わない路線の電車に乗った。

カフェ「華色」の店長は慎を一目見て難色を示したけれど、里穂子の口利きで押さえ込んだ形でバイトに入ることになった。

元々あったバイトのうち日数が少なかったものをふたつ辞めることになったが、幸いにして月々の収入はこれまでと同程度確保できる目算になった。

「加藤嘉仁」の個人情報と日課スケジュールは、すぐに覚えた。カフェでのバイト二日目に彼が訪れた時もすぐに気がついたし、スタッフからの情報も耳に入れた。

加藤は「華色」のスタッフとは顔馴染みであり、もともと人好きのする――もとい人懐こいタイプなのだそうだ。オーダーの時や会計の時といった間合いに、スタッフと雑談めいた会話を交わすことも多いという。

親しくなるだけなら、かなりハードルが低いはずだ。なのに、慎は遠目に顔を見るだけで、近づくきっかけもうまく摑めなかった。どうしよう、どうすれば、どうしたら――頭の中でひたすらぐるぐる考えるばかりで手も足も出ずに、本音を言えば途方に暮れていた。

それが、たった一日で一足飛びに、お礼がてらとはいえ食事に誘われてしまったわけだ。断ったのは失態だが、以前よりは声をかけやすくなったはずだ。そこから、どうにか「親しい」間柄に持ち込むしかない。

具体的に何をどうすればいいのかは、まったく思いもつかない状況だけれども。

4

翌日、午前中の講義を終えてから、慎は約束通り高垣のもとへ向かった。

高垣の研究室は六号館の三階の端と、ふだん慎が使う講義室からはやや遠い。入学以来、週に一度は必ず通っていた道のりを急ぎながら、慎はつい先ほどの知人との話を思い出して苦い気持ちになった。

――講義が終わったあとで、同学年の中では比較的よく話す知人にノートを貸してほしいと頼まれた。いつも通り応じたあとで、子猫の話を持ちかけてみたのだ。そうしたら、知人から珍しいものを見つけたような顔で見下ろされてしまった。

(猫、拾ったのか。おまえが？)

ありえないとでも言いたげな声音に気後れしながら、しどろもどろにトイレのしつけはできていること、去勢手術の費用は出すし当面必要なワクチン等も引き渡す前にすませておくことを付け加えると、さらに目を剝《む》いた。

(うちはアパートだから動物は無理。けどさ、手術代とかワクチンとかって、おまえそんな金あんの？　今でもバイト三昧《ざんまい》なんだろ？)

(……一括は無理でも、分割なら何とかなるから)

必死で答えた慎への知人の返事は「ふうん」というもので、しかもそれきり無言だった。じっと見つめ続けられているのが落ち着かず、「無理だったらいい」とだけ言って講義室を出てきたのだ。

大学で唯一、子猫のことを頼めそうだった相手なのだ。これで、見事にあてをなくしてしまったことになる。

今朝に見た子猫はもうずいぶん元気で、慎を見るなり昨日までとは違う声で鳴いた。抱き上げたら爪を立てながら肩まで上がってきて、首と顎《あご》の間に頭を突っ込んでごろごろと喉を鳴らした。元気になったのは嬉しいけれど、大家にバレる可能性を思えばとてもまずい。

「……困った……」

ぼそりとつぶやいた時、ちょうど高垣の研究室の前に着いた。ノックをし、誰何《すいか》に応じて「末廣です」と名乗ると、すぐに入るようにと言われる。「失礼します」と声をかけて、慎は室内に足を踏み入れた。

根っから几帳面《きちょうめん》なたちらしく、高垣の研究室はいつもすっきり整頓《せいとん》されている。その一番奥、窓に背を向けた形で置かれたデスクで、部屋の主はパソコンのモニタに向かっていた。

「座っていなさい。すぐに終わる」

頷いて、慎は壁に寄せて置かれたソファに腰を下ろす。モニタを睨《にら》んでいる高垣を、見るとはなしに眺めた。

高垣は、慎にとって母方の叔父に当たる。もとい、以前は叔父だったと言った方が正しい。慎の母親の妹——つまり、叔母の夫だった人なのだ。過去形になるのは、十年前にその叔母が病気で亡くなったからだった。

生前の叔母に、慎は何かと可愛がってもらった覚えがある。周囲に言わせると、誰に対しても愛想なしだった高垣も、当時から慎にだけは甘かったらしい。理由はごく簡単で、高垣と叔母の間にできた一人息子が、生きていれば慎と同い年だったからなのだそうだ。

もっとも、唯一の接点になる叔母の三回忌の法要を最後に、親からも親類の間でも高垣の話はほとんど聞かなくなった。あとで耳に挟んだ話では、再婚する気はないが亡くなった妻の縁者とのつきあいを続ける気もなかったということのようだ。

そうして月日が経《た》った二年と少し前に、突然高垣が慎の許を訪ねてきたのだ。当時の慎は奨学金を貰って入った大学を自主退学して、アルバイトでどうにか食いつないでいるような状態だった。

それへ、高垣はもう一度大学に行くように勧めてくれた。授業料はもちろん日々の生活も援助するとの申し出に、慎は正直面食らい、そこまでしてもらう理由はないと何度も断った。高垣と何度も話し合って、最終的に互いが互いに条件をつけた形で厚意に甘えることになった。

その高垣が出した条件のひとつが、週に一度、必ず彼の研究室に顔を見せに行くことだったのだ。あのシルバーの携帯電話はこの大学に合格した直後に緊急連絡用として渡されたものので、月々の支払いも高垣がしてくれていた。

「講義の方はどうだ。気に入った科目があったか？」

「あ、はい。だいたい、面白いです」

かけられた声に我に返ると、デスクの横を回り込んだ高垣が向かいのソファに腰を下ろすところだった。

高垣の正確な年齢は知らないが、五十代の半ばにはなるはずだ。きちんとスーツにネクタイを締めた格好だが、身長・体格とも、二十二歳にしては小柄で貧相だと言われる慎とさほど変わらない。もっとも、高垣の白髪交じりの髪とぴんと伸びた背すじは遠目にもわかりやすい目印で、慎との違いは一目瞭然だ。そして、さらに決定的に違うのが表情であり視線の強さだった。

高垣は学部内では名の知れた鉄面皮《てつめんぴ》なのだ。常に冷静で無表情であり、滅多に怒鳴ることがない。他にも、誰も笑うところを見たことがないなどという噂まであったりする。

「面白いなら何よりだ。ところで、最近何か変わったことや困ったことはないか？」

「……特には、ないです。今まで通りで」

「そうか」と返した高垣が腰を上げる。壁にかかっていた上着を羽織りながら言った。

「これから昼食に出る。きみも一緒に来なさい」

高垣が昼食にと選んだのは、キャンパス内にいくつかあるカフェの中でも値段設定がやや高めのところだった。

ランチをふたり分注文する高垣の声を聞きながら、ふっと横から視線を感じた。気になって目を向けると、近くのテーブルにいた女子学生があからさまに顔を背けるのがわかった。

「バイトは忙しいのか。無理はしてないだろうね？」

「大丈夫です。ちゃんと、気をつけてます」

答えながら、やはり横顔に視線を感じた。気づかれないよう目だけを向けると、先ほどのテーブルにいた女子学生三人が興味津々という顔でこちらを窺っている。

（あなた、物理学部の高垣教授の愛人なんでしょう？）

十日前の「彼女」──里穂子の言葉が、いきなり脳裏によみがえる。

──慎が顔すら知らずにいた里穂子が「学内でも有名」と言うのなら、キャンパス内ではすでに蔓延《まんえん》している噂だということになりはしないか。

今さらながら気がついて、口の中がからからに渇いた。

里穂子に指摘されたことは、「愛人」以外はほぼ事実だ。呼び出しは援助の条件だったし、こうしてたびたび食事をご馳走《ちそう》してもらっている。服に関しては、春先から着ている今の上着がもろにそうで、他にも季節の変わり目にたびたびカットソーやチノパン、上着にコートと高垣から渡されている。慎が遠慮するたび高垣が口にする「知人の息子さんの古着だ」との言葉が嘘《うそ》だということも、何となくわかっていた。

気にかけて、もらっているのだ。理解しているけれど、慎からすればそれは厳密には「慎自身に対するもの」ではなく、「生きていれば慎と同い年だった高垣の息子にしてやりたかったこと」に過ぎなかった。

その結果が、あのわけのわからない噂になるのか。

考えただけで、一気に食欲が失《う》せた。味のしない料理をどうにか口の中に詰め込んで、慎は高垣についてカフェを出る。いったん気づいてしまうと周囲の目が気になって、用があるからここでと断った。

高垣は少し訝《いぶか》しげにしたものの、追及はしてこなかった。

「そろそろ髪を切った方がいいようだな。いつもの店に連絡しておくから、今週中に行ってきなさい」

「大丈夫です。おれ、自分で」

「前にも言ったが、自分で切るのはよしなさい。別の店に行くのもなしだ。他に何かあれば、遠慮せずにいつでも話しに来なさい」

事務的な口調で言って、高垣は大股《おおまた》に研究室の方角に戻っていった。

慎にとって、高垣の言葉は絶対だ。午後の講義を終えたあと、バイトまでの隙間の時間に指定された理容室に出向いた。色を入れたり巻いたりする気はさらさらないから、本当に切るだけで終わりだ。料金はあとで高垣が支払うことになっているから、慎は礼を言い、挨拶をして店を出た。

小学生のようなこの方法を定着させた原因は、間違いなく慎自身だ。入学式を目前にした春に高垣から髪を切ってくるよう言われた時には、散髪代惜しさに自分で切って高垣の眉《まゆ》を顰《ひそ》めさせた。二度目は金を渡され必ず店で切るように念を押されて、探し回った中で一番安い店に行った。残金をそっくり返すと、高垣は困ったようなため息をついた。三回目からは店を指定され、今日のように期限を切って出向くよう促されるようになった。

理髪店を出て時計を見た時には例のカフェでのバイトの時刻が迫っていて、慌てて電車に飛び乗った。幸い遅刻はせずにすんだものの、先に入っていた店長がしかめっ面《つら》で慎を見ていたのには気がついた。

あいにくその日、加藤は「華色」に姿を見せなかった。

明日は別のバイトが入っているから、次に「華色」にバイトに来るのは——加藤に会うのは早くとも明後日以降になる。そう思うと何となく肩すかしを食らった気分になった。

5

立ち寄る客が多いコンビニエンスストアでの仕事は、スピード勝負だ。下手にもたついていると、客から罵声《ばせい》を浴びることもある。

とは言っても、ひとりの客とのやりとりがカウンター越しの一度きり、短時間ですむのだけはカフェの店員よりもずっと気楽だ。駅前という立地のせいかレジに来る客のほとんどが急いでいて、会話を交わすことなど滅多にない。

「やあ。偶然だ。末廣くん、ここでもバイトしてたんだねえ」

それだけに、いきなりそんな声を聞いた時にはぎょっとした。目を向けた先、先日にも見た加藤の柔和な笑顔を認めて、手も口も固まってしまった。

ちょうど、慎は列をなした客がカウンターに置く商品にバーコードリーダーを当てているところだったのだ。レジと商品しか見ていなかったから、声を聞くまで気づかなかった。

追加で煙草を頼まれて、慎はようやく我に返る。レジを操作して釣りを手渡した時、慎にだけ聞こえる程度の声がした。

「ここのバイトは何時まで？」

「九時までです、けど」

「じゃあ、その頃に迎えに来よう。夕飯はご馳走するから食べないでね」

問い返す前に、加藤は品物を手にレジから離れてしまった。考える暇もなく、慎は次の客への対応に追われる。

落ち着いて考えるゆとりができたのは、レジが一段落したあと店長に言われて外の掃除に出た時だ。敷地内のゴミを箒《ほうき》で集めながら、どういう偶然だと思った。

このコンビニエンスストアでバイトを始めて二年になるが、加藤の姿を見たのは初めてだ。通り向こうにある最寄り駅は、例の「カフェ」の沿線から見事に外れてもいる。

今日は平日で、時刻は午後六時を回ったところだ。あるいは仕事の関係で、近くまで来たのかもしれない。

――その状況で、すぐさま「迎えに来よう」とか「夕飯はご馳走するから」という台詞《せりふ》がするりと出るあたり、つくづく慎とは人種が違う。とはいえ、先日のトラブル回避の時にも咄嗟《とっさ》にあれだけの作り話ができたのだから、もともとそういう人なのかもしれなかった。

しかし、本当に来るつもりだろうか。定刻にバイトを終えた慎は、半信半疑で店を出るなり足を止めた。

店の前にあるガードレールに腰掛けて、加藤がのんびりと煙草をくゆらせていた。慎を認めて煙草をもみ消すと、腰を上げて近づいてくる。

「お疲れさま。おなか空《す》いたよね？　何か食べたいものはある？」

見るたびに思うことだが、加藤という人はいつも上機嫌だ。厭な顔をしていたり、疲れた様子を見せることはまずなく、まず相手を気遣う素振りを見せる。

だからこそ、あのカフェでも店員たちに好意的に見られているのだ。

「え、あの……ああ、すみません。これ。お礼っていうか、お詫び、に」

きちんと笑って言おうと思ったのに、頬《ほお》が引きつって声もぶっきらぼうになった。肝心の品物も、袋入りで突き出すような形だ。

「え、僕に？　貰っていいのかな」

「いいです。……じゃなくて、貰ってください。その、この間……口添えしてもらえなかったら、おれ、バイトをクビになってたかもしれないし」

袋の中身は、夕方に加藤が買っていった煙草が一カートンだ。本当にこれでよかったのかと迷った時、加藤は慎が差し出した包みを笑顔で受け取ってくれた。

「ありがとう。これ、案外扱ってる店が少ないんだよ。——ところで、この近くに知り合いから教えてもらった店があるんだ。特にリクエストがないならそこに行こうか」

「でも、そんなことしてもらう理由とか、ないし」

「きみにはなくても僕にはある。っていうのは勝手だとは思うんだけど、お礼のつもりなんだ。ちょっとだけ、つきあってくれないかな」

窺うような声音と同時に、思い出したのは里穂子の「バイト」だ。加藤から誘ってくれるのなら、下手に断らない方がいい。ご馳走云々《うんぬん》は断って割り勘にすればいいだろう。

そう決めたら、少しだけ気持ちが落ち着いた。頷いて、慎は促されるままに歩き出す。

加藤に連れて行かれた先は、バイト先から歩いて十分の距離にある複合ビルの三階だった。やや狭いエレベーターを降りた先に、イーゼルに立てかけられる形で出ていた看板の店名は横文字だ。通りでよく見るレストランのような価格やメニューの表示は見あたらない。

値段設定が気になって足を止めようとした時には遅かった。結局、慎は加藤と一緒に奥のテーブルに案内されることになる。そうして、差し出されたメニューを眺めて目を疑った。

立派な冊子に作られたメニューは見開きで、しかも右半分はコース料理のみだ。さらに言うなら一番安いコースでも三千円と、慎の五日分の食費が出る値段だった。

じわりとこめかみに汗が浮いた。椅子《いす》を蹴って逃げたい心境でちらりと目を上げると、テーブルの向かいにいた加藤は悠然とメニューを眺めている。

これもバイトだと自分で自分に言い聞かせながらメニューを眺め回して、慎は左側の下にサイドメニューという表記を見つけた。こちらの値段でも軽く一日分の食費を越えるが、背に腹は代えられない。

「決まった？　って言っても、これだと料理の種類がよくわからないよね」

「いえあの……おれはシーザーサラダ、で」

慎の答えに、加藤がきょとんとする。ややあって、ふわりと笑った。

「それだけだと足りないと思うよ。そうそう、聞き忘れてたんだけど。きみ、アレルギーはあるかな。あと、どうしても食べられないものとか」

「別にないです、けど」

「さっぱりとこってりだったらどっちが好み？　肉だったら鶏か牛のどっちかな。飲み物は？　食事中は、お茶とジュースとどっちがいい？」

「いやあの、さっぱりしてる方が……じゃなくて、おれ、水で十分なんで」

「コーヒーは飲める？　紅茶の方が好みかな。飲めるんだったら、ワインか何か……って、未成年じゃないよね？」

「違います。年明け早々に二十二になりました」

答えたあとで、余計なことまで言ったと口を塞《ふさ》ぎたくなった。さらに、これでは催促に聞こえかねないと気づく。

「酒は、ちょっと……帰って勉強しますから」

「じゃあコーヒーがいいかな。――すみません、オーダーを」

え、と思っている間に、加藤は手を上げて店員を呼ぶ。メニューを示しながら、慣れたふうに言った。

「シェフのお任せコースをふたつお願いします。肉はどっちも鶏の方で、魚はスズキで。食事と一緒にウーロン茶をふたつ。あと、食後にコーヒーをふたつで」

「――あ、の！　コースって、でもおれ、今日は持ち合わせが」

慎が我に返ったのは、オーダーを復唱した店員がテーブルから離れていったあとだ。焦って訴えると、目の前の相手は暢気に笑う。

「厭だなあ。お礼がてらご馳走させてもらうって言ったよね？」

「お、お礼だったらこんな高いとこに来なくてもいいじゃないですか！　ファミリーレストランとかファストフードとか、自販機のコーラだっておれには十分すぎるくらいで」

「ファストフードは胃凭《もた》れするし、ファミリーレストランは味が濃いから苦手なんだよね。あと、日に一度くらいまともな食事をしないと身が保《も》たないんだけど、ひとりだと食べるのも面倒でねえ」

苦笑混じりに言ったかと思うと、加藤はふいに思いついたような顔になった。

「そうなると、僕の我《わ》が儘《まま》にきみがつきあわされることになるのかー。だったらお礼にならないよねえ。じゃあ、食事とは別に、何かお礼をさせてくれる？　何か助けてほしいこととか、困ってることとか。僕にできることだったら、いくらでも協力するよ」

予想外の方向に飛んだ内容に、慎はぶんぶんと首を振った。

「いえあの、本当にもう十分過ぎるくらいなんで、気にしないでください！　店長からも叱られたし、結局おれが余計なことしただけで」

「とんでもない。あの日も言ったと思うけど、僕はきみのおかげで助かったんだよ。――ところで、せっかくだから下の名前を訊いてもいいかな。学生さんだって話だけど、どこの学校に通ってるの」

「……慎です。慎重の、シンを一文字で。大学は、今年から二年で」

そういえばまともに名乗ってもいなかったと気がついて、慎はぼそぼそと大学名を付け加える。時事に移った話題にあたりさわりなく相槌《あいづち》を返しながら、気づかれないようこっそりと加藤の様子を盗み見る。そうして、この人がぱっと見の印象よりも整った容貌《ようぼう》をしていることに気がついた。

いつも笑っている印象が強いせいか、顔立ち云々よりも人の好さが先に立ってしまうのだ。物言いや雰囲気も大きいのだろうが、人によっては気難しそうに、あるいは冷たそうになりがちな細いフレームの眼鏡やかっちりとしたスーツとネクタイですら、この人にかかると「近所の優しいお兄さん」風に見えてしまうらしい。

さほど待つこともなく、白黒上下のお仕着せの店員が皿とグラスを運んでくる。目の前に置かれた大きな皿の中央に彩りよく盛りつけられた料理を、やけに目新しく感じた。

料理だけでなく、店の内装や音量を絞ったBGMも慣れないものばかりだ。促されてフォークを取ったものの、緊張のせいか味がよくわからない。そろりと目を向けると加藤は見とれるようなきれいな所作で美味《お》しそうに料理を口に運んでいる。

そういえば、この人は「華色」でもそうだ。一杯のコーヒーを美味しそうに味わっている。いつどこにいても、基本的なスタンスが変わらない人なのかもしれないが、裏を返せばこういう店に来るのを「ふつう」だと考えているということだ。

そもそもカフェ「華色」も、慎にとっては割高すぎて客として入るには敷居が高い店なのだ。そこの常連客の生活スタイルや金銭感覚が慎とまるで違っているのは当たり前のことで、だったらどうやって「親しく」なればいいのだろう。親しくなったとして、どんなふうに「誘惑」すればいいのか。改めて考えて、自分でも愕然《がくぜん》とした。

自慢にもならないが、慎は同性相手を云々する以前に、女性相手の恋愛経験もまったくのゼロなのだ。中学高校はとにかく勉強優先だったし、大学に入ってからは恋人とか恋愛という言葉そのものと疎遠だった。

そんな自分に、ひと回りも年上の大人の男を「誘惑」できるのかどうか。

「それにしても、あの時、よくわかったね。あれがネズミ講だっていうの」

感心したような声で我に返って、慎は慌てて言葉を探す。ちょうど運ばれてきたばかりの、メインの魚料理を見るとはなしに眺めて言った。

「……ああいうのって、勧誘する人に特徴がありますから」

「え、そう？　どういうの？」

興味を覚えたのか、加藤が軽く身を乗り出してきた。たじろいだ慎が逃げるように椅子に凭れると、気がついたようにテーブルの上で長い腕を組む。にこりと、曇りのない笑顔を向けてきた。

「参考までに教えてもらっていいかな。どういう特徴があるの？」

「雰囲気とか、喋りとか。結構独特だし、共通してる部分が多いですよ」

「そうなの？　全然気づかなかったけど……まあ、僕なんかは大雑把にできてるから、教わってもわからないかもな。きみはそういうことに聡《さと》いっていうか、観察眼があるんだろうね」

「……そういうんじゃなくて、現物を知ってるだけです。うち、両親と兄貴が似たようなのに嵌《は》まってて、その手の人がしょっちゅう出入りしてましたから。おれも、うんざりするくらい話を聞かされてたし」

後ろめたさといたたまれなさにぶっきらぼうに言うと、加藤は固まったように手を止めた。何度か瞬《まばた》きをしてから言う。

「ごめん。立ち入ったことだとは思うけど――」

「昔の話です。おれが高校に上がる前にそうなって、何年も経たないうちに親戚とか知り合いとか近所の人に迷惑かけまくって呆れられて、相手にもされなくなって消えましたから」

切り口上に言い切ると、さらに加藤は複雑そうな顔になった。

「無理には、答えなくてもいいんだけど。消えたっていうのは、どういう……？」

「夜逃げの昼間バージョンっていうか。おれが学校から帰ったら、誰もいなくなってました。荷物とかもほとんど残ってなくて、おれの部屋だけそのまんまになってた感じです。行き先も、誰も知らなかったし」

「……きみを、ひとり残していったってこと？　きみがいくつの時の話？」

慎を見たまま、初めて加藤が眉を顰める。眼鏡の奥の柔和そうな目が急に厳しくなるのを知って、慎は慌てて付け加えた。

「高校二年の時ですけど、その前からおれは両親と兄貴が心酔してた何とか先生って人に嫌われてて、生活そのものが別みたいになってたんです。下宿人扱いっていうか、親の顔見るのが週に二、三回とかそんな感じで。だから、置いて行かれたんじゃないかって」

「……それで、きみはどうしたの。高校は続けられた？」

「昔から勉強だけはできたから、高校は私立の特待生枠で通ってて、学費は免除だったんです。住むところとか食べることなんかは、高校を卒業するまでっていう条件で親類が面倒を見てくれました。大学に行く時も奨学金は貰えたし、バイトで金も貯めてたんで、アパートも自分で借りて」

だから大丈夫だと続けたつもりだったのに、加藤は気遣う顔のままだ。それへ、慎は早口に続ける。

「だから、おれは何てことなかったんです。大学もストレートで入れたし」

「ああ、うん。……そうだよね」

頷いた加藤が、何かを呑み込んだような気がした。その様子に、慎は先ほど「二十二歳」で「大学二年」で、「奨学金を貰ってストレートで上がった」と別々に話したのを思い出す。

二十二歳で大学二年は、浪人したか留年したかだ。奨学金は浪人の場合は論外だし、留年した時点で貰えなくなる。

齟齬に気づかれたのは承知で、あえて慎は事情を説明しなかった。

高校を出てすぐに入った大学を、慎は一年と通わず自主退学したのだ。金銭的に続かなくなったのが理由だったが、そもそもの原因は両親と一緒に姿を暗ましていた兄が、突然慎のところにやってきたことにあった。

約二年振りの再会に喜んだ三日後に、兄は慎の部屋を漁《あさ》って通帳と印鑑と、もしものために別にしておいた現金を持ち出した。さらには慎の当時の友人たちに片っ端から借金を申し入れて、何人かからは強引に「借りた」。それきり、兄はどこへともなく消えたのだ。

慎が銀行に駆け込んでカードで確かめた時には、口座の残高は三桁になっていた。さらに数か月後には、慎名義での金融業者への借金が明るみに出た。

銀行で本人証明するために持ち出した保険証を使って、兄は金を借りていたのだ。業者相手の借金は、幸いにして本人ではない確認が取れたため返済は免れた。けれど、友人たちへの返済まで知らん顔するわけにはいかなかった。

奨学金とバイトの掛け持ちで成り立っていた大学生活だ。それを続けながら友人たちに金を返すことは不可能だったし、何より彼らと同じ講義室で学べる立場ではなくなった。

大学を辞め、アルバイトを増やしたあと、ほぼ一年がかりで友人たちに「借りた」金を返済した。どうにか食いつなぎながら正社員の仕事を探したものの、就職先はなかなか見つからず、それ以上にどうしても勉強したくて――大学に行くのを諦めきれなくて、もう一度金を貯めて夜間でもいいから行こうと二十歳の誕生日を目の前に改めて決心した。その直後に、高垣から連絡を貰ったのだ。

「そうか」とつぶやく声で我に返って、慎は自分がどっぷりと過去の記憶に沈んでいたことに気づく。顔を上げると、じっとこちらを見ている加藤と目が合った。

「今は、ご両親とお兄さんは？」

「よく、知らないです。ただ、二年前に親類の人から、まだ何とか先生にくっついてるみたいだとは聞きました」

高垣が慎に連絡してきたきっかけは、両親と兄が彼の許に押し掛けて強引な勧誘をしたことにあったのだ。当然、にべもなく撃退したようだが、高垣はそれをきっかけに慎を探してくれた。すべての事情を承知の上で、援助を申し出てくれたのだ。

「そっか。……だったら辛《つら》かったね」

静かに頷く加藤はすでに料理を食べ終えて、テーブルの上で軽く腕を組んでいる。慎を見る目はひどく柔らかくて、そのことに驚いた。

これまで、両親の話を聞いて厭な顔をしなかった人はひとりもいなかったのだ。そして、考えてみれば慎が自分からこの話を他人にしたのはこれが初めてだった。

運ばれてきたデザートは小さなケーキとフルーツに生クリームとソースをかけたものだったが、ふだん縁のないものだからかろくに味がしない。何か言わないとまずい気がして視線をさまよわせた慎は、ちょうど席を立ったばかりの女性客のバッグに目を奪われた。

「……猫」

革で作られたらしい薄茶色のそれに、黒猫の後ろ姿が描かれていたのだ。連鎖的に、アパートで待っているはずの子猫を思い出した。

「ん？　ねこがどうかした？」

「この間、拾ったんです。水が溜まったバケツの底に浸かってて、すごい冷えてて弱ってて、けどおれ、金がなくて獣医に連れて行けなくて、うちで面倒見てちょっと元気になって、今はちゃんと自力で食べたり飲んだりしてるんです。でも、おれのアパートって大家さんがすごい動物嫌いでペット禁止で、おまけに今、アパートのどこかに猫がいるから見つけ出すって話になってて、だから引き取ってくれる人を探してたんだけど、おれ友達とかいないからあてがなくて」

気がついた時には、そうまくし立てていた。ようやく言葉を切ってから、慎は自分の言い分が支離滅裂だったことに気づく。どうしてこうも口下手なんだろうと自己嫌悪に陥っていると、正面に座っていた加藤は笑顔になった。

「じゃあ、急いで場所を移した方がいいね」

「そ、うなんです。……あの、誰か知り合いで、子猫をほしがってる人とかいませんか。獣医とか連れて行ってないしワクチンとか去勢手術もまだなんですけど、月賦になるけど必要なお金はおれが出します。だから、ちゃんと面倒見てくれる人がいたら」

「いいよ。じゃあ、食べ終えたら迎えに行こうか」

間髪を容《い》れずの即答に、慎はきょとんとする。小さなフォークを握ったままでまじまじと見返していると、加藤は苦笑混じりに首を傾げる。

「ところでキャリーケースは持ってる？　猫用のトイレとか、餌とか」

「トイレは、段ボールの箱にゴミ袋を敷いてて……餌はドライフードやってます。キャリーケースとかは、まだ」

「了解。じゃあ、まずは買い物かな。この時間だったら……ああ、あそこが開いてるか」

腕時計を眺めて算段していた加藤は、慎がデザートの皿をからにするのを待ちかねたように席を立った。慣れたふうに支払いをする後ろでレジに表示された金額を目にして、背中が冷たくなった。

「あの、すみません。今おれ、持ち合わせがなくて、その……今度、バイト料が入ったら半分出しますから」

店を出てすぐにそう言うと、振り返った加藤が目を見開く。

「いいよ、もともと奢るつもりだったんだし。それより、この時間に悪いんだけど買い物につきあってもらっていいかなあ。かなりの荷物になりそうだから」

「荷物って、あの……買い物って、どこに」

「この先のショッピングセンター。十時まで開いてるんだけど、ペット用品も扱ってたはずなんだ」

ペット用品、と繰り返して黙った慎に、加藤は笑う。

「子猫。お迎えするなら最低限の準備はしておかないと可哀想《かわいそう》だよね。けど、あいにくうちには何もないからねえ」

「あ、あの！　いいんですか⁉　そんな簡単に」

「大丈夫だよ。うちはペット可だから。大きさ制限はあるけど、猫がひっかかることはまずないと思うよ？」

それに、と加藤は快活に続ける。

「もともと猫は好きなんだ。うら寂しいひとり住まいだから、相方がいるのも悪くないしね」

「でも、あの」

「何日か様子を見て、うちで飼うのが難しいようなら早めに貰い手を探すよ。引き受けた以上はちゃんと責任を取るから、心配しなくてもいい」

気になることを、全部先回りして言われた気がした。予想しなかった急展開に混乱したまま、慎は加藤について先を急いだ。

6

買い物は、かなりの量になった。

猫用のキャリーケースにトイレ容器にトイレの砂、餌のドライフード。それだけでも結構な金額と重さになるのに、加藤はさらに猫用のオモチャに首輪と片っ端から買い求めたのだ。そして今、重い荷物を手に鼻歌でも出そうな軽い足取りで歩いている。

買ったばかりのキャリーケースを抱えて隣を歩きながら、慎は今さらの後悔に襲われていた。やっぱり止《や》めますと何度も言いかけて、そのたび先日の大家の言葉を思い出し、あるいは自分が持っているキャリーケースや加藤が抱えた荷物の中身を思って口を噤む。その繰り返しだ。

「大丈夫かな。ずいぶん重い？」

声とともにひょいと覗き込まれて、慎は反射的に身を退《ひ》いた。そのあとで、声の主が加藤だということに——今、自分たちはアパートの最寄りの交差点で信号待ちをしていたのだと気づく。

口を開くと余計なことを言いそうで、慎は黙って首を横に振る。と、ぽんと頭の上が重くなったかと思うと、ぐりぐりと髪の毛ごと撫でられた。何が起きたのかと呆然《ぼうぜん》としていると、

先ほどから覗き込む格好になっていた加藤が穏やかに笑う。街灯の真下にいたからだろう、その表情がくっきりと見えた。

「子猫と別れるのが寂しくなった？　だったらいつでもうちに会いにおいで。歓迎するよ」

「あ、いや、ええと……」

「それ、僕が持つよ。疲れた顔してるみたいだし」

「いえ、平気です！　このくらい、重くもないですから」

伸びてきた手を制して、慎はキャリーケースを持ち直す。

駅前でタクシーに乗ろうかという加藤の申し出を断ったのは、慎の方なのだ。

「すみません。あの、何だったらおれ、ひとりで行って子猫連れて戻ってきますけど」

「んー。でもまあ、ここまで来たからねえ。もうじきなんだよね」

言葉通り、六分後にはアパートの玄関先に着いた。その場で少し待ってくれるよう頼むと、加藤はあっさりと頷く。鍵を取り出し引き戸に向き直って、慎は異変に気がついた。

アパートの玄関は、格子戸にガラスが嵌まった引き違い戸だ。昨今は物騒だから日が暮れたら必ず施錠するようにと、アパートの中で取り決めがなされている。

その引き戸が、この時刻なのに十五センチほども開いたままになっていた。怪訝《けげん》に思いながら音を立てないよう注意して引き開けた時、階段の上の方からかん高い悲鳴が聞こえた。

大家の声だと気づいた瞬間に、厭な予感がした。即座に中に飛び込んで、慎は手前の階段を駆け上がる。廊下の突き当たりの、自室のドアが全開になっているのを知って、頭の中が真っ白になった。

考える前に、自室のドアに飛びついていた。直後、細く高い鳴き声とともに、子猫が足許から飛びついてくる。爪を立ててジーンズを登ってきた。

痛みよりも、怯えたような神経質な鳴き声に気を取られた。ドア口で子猫をしっかり抱き込むのとほぼ同時に、部屋の奥から箒を手にした大家が飛び出してくる。

「あんた。やっぱり猫を連れ込んでたね⁉」

ふだんはきれいに撫でつけているひっつめ髪が、やけに乱れてばさばさになっている。握りしめた箒は一階の土間と二階の廊下を掃除するためのもので、それを半分振り上げた格好で慎を見据えていた。

自室はきちんと施錠していったはずだ。どうしてと思ったあとで、合い鍵を使われたのだと思い当たった。

「まさかそれだけはないと思ってたのに！　あんたねえ、前に言ったはずだよ⁉　うちは犬猫御法度《ごはっと》なの！　正直に白状するならともかく、よくもまあ黙って大嘘をついて……わかってるだろうけど、契約違反だからね！　今日限りでここから出ていってちょうだい！」

突きつけられた言葉に、頭のてっぺんから血の気が引いた。怯えきった子猫がびくんと震えて、さらに慎の肌に爪を食い込ませる。その痛みで、ようやく我に返った。

「す、みません！　でもあの、この子猫はもう引き取ってくれる人が決まっていて……それにおれ、ここを出たら行くところがないんですっ」

「そんなのあんたの都合でしょう。あたしには関係ないね！　あたしの都合を無視しといて自分の都合だけ通そうとするなんて、まあ何て図々《ずうずう》しい！」

吐き捨てるように言いながら、老女はずんずんとドアの方に──慎に、近づいてくる。気《け》圧《お》されて後じさると、初めて見るような形相で睨みつけられた。

「今から荷物まで出せってのは可哀想だから、明日まで許してあげる。明日の夜になったら、部屋に残ってるもの全部外に放り出すからそのつもりでね！　今夜置いていいのは荷物だけだから、あんたはどっか余所《よそ》で寝てちょうだい」

低く押し殺したような声は、人が本気で腹を立てた時のものだ。悟った瞬間に、すっと覚悟が決まった。しがみつく子猫を抱いたままで、慎はぐっと奥歯を噛《か》む。

「……わかりました。仰る通りにします。最後の最後にご迷惑をおかけしてしまって、すみませんでした」

慎の反応が意外だったのか、大家が妙なものを見るように目を眇《すが》める。そこに、聞き慣れた声が割って入った。

「お話し中にすみませんが、ちょっとよろしいでしょうか？」

いつの間にか、すぐ傍に加藤が来ていたのだ。慎と視線が合うなり目許だけで笑って、改めて大家に向き直る。

「あの子猫でしたら、今日、僕が引き取りに来る予定だったんです。遅くなってしまって申し訳ありませんでした」

「だから何！　引き取るも引き取らないも、どうしてうちに連れ込むの！　契約の時に何度も言ったはずよ！」

我に返ったように言いたてた大家の声を縫うように、ふっと腕を引かれた。びくんと顔を上げると、横目にこちらを見た加藤が低く言う。

「荷物。下に置いてきたから、見ててくれる？」

「だけど」

ここは慎の住まいであって、加藤には関係がない。断ろうとした時、伸びてきた長い指が子猫の耳にそっと触れて離れていった。

「この子のためにも離れた方がいい。このままだと落ち着いて話ができないでしょう？」

「――……」

事実だけに頷くしかできなかった。胸許で震えている子猫を抱いたままで、慎は大家にお辞儀をし、短く詫びを口にする。階段へ向かうと、あとを追って険しい声がした。

「だいたいねえ、あたしは猫が大嫌いなんですよ。なのに、よりにもよって猫を連れ込むなんて――」

大家の言うことは、至極もっともなのだ。ルールを破ったのは慎の方で、だから言い返す余地など最初からあるはずがない。

二階の騒ぎで目を覚ましたのか、一階の個室のドアがふたつほど開いて、見覚えのある顔が覗いていた。大家の声だけで事情は知れたらしく、ひとりがぶつぶつと文句を言っている。それに深く頭を下げて、慎は階段の傍に置かれていた荷物を手に玄関から外に出た。二往復して、キャリーバッグも外に出す。子猫を抱いたまま靴を履いて外に出ると、荷物の傍にしゃがみ込んだ。

怒声が遠くなったことで落ち着いたのか、シャツに爪を立てていた子猫がかすかな声で鳴くのが聞こえた。毛玉のような頭を指先で撫でながら、慎はひとつだけ安堵《あんど》する。

少なくとも、この子猫には新しい居場所が見つかったのだ。自分のことならどうにでもなるから、今は十分だった。

足音が聞こえるまで、どのくらいの時間がかかっただろうか。玄関の引き違い戸が開く音を耳にしてはじかれたように振り返ると、ちょうど加藤が出てきたところだった。言葉が出ずに見つめていると、困ったような笑顔が返ってくる。

「説得は無理みたいだね。ひとまず明日の二十四時まで、荷物は部屋に置かせておいてくれるって話にはなったけど」

「十分です。契約違反をしたの、おれですから。——ご迷惑をおかけして、すみませんでした」

「僕はいいけど、子猫は大丈夫かな。ずいぶん怯えてたでしょう」

答えるように、子猫が小さく声を立てる。それでも、鳴き声からは先ほどまでの必死な響きが薄れていた。

「……でも、少しは落ち着いたみたいです」

「そっか。どっちにしろ、タクシーを呼んだ方がよさそうだね。悪いけど、もう少しの間、荷物番を頼むよ」

言って、加藤はポケットから携帯電話を取り出した。大股にアパートの敷地の出入り口まで歩いたかと思うと、操作して耳に当てる。しばらく話して戻ってくると、今度は地面に置いていたキャリーケースを手に取った。慣れたふうに広げて言う。

「入れてあげてくれる？　さすがにタクシーにそのまま乗車は無理だから」

「あ……はい」

頷きながら、これでお別れなのだと思うと胸が痛くなった。未練のような気持ちを振り切って、慎は子猫を胸から引き剝《は》がす。悲鳴じみた鳴き声と同時に爪が食い込んだシャツを引かれて、ひどく切ない気持ちになった。

さりげなく伸びてきた手が、シャツにかかった子猫の爪を外してくれる。慎の手にしがみつこうとするのを、ふたりがかりでキャリーケースに入れた。きちんと蓋《ふた》をした中から聞こえる鳴き声に、つられて泣いてしまいたくなった。

「これはきみが持って、声をかけてあげてくれる？　きみの声は覚えてるみたいだから」

頷いて、荷物を手に歩き出した加藤のあとを追ってアパートの敷地を出た。

タクシーを呼んだなら、荷物持ちは不要だ。重そうな荷物を歩道に置いた加藤に「あの」と声をかけて、慎はキャリーケースを差し出す。

「これ。お願いします」

「え、あれ？　やっぱり重い？」

きょとんとしたふうに慎とケースとを見比べた加藤に言われて、すぐに首を振った。

「下に置くの、何か可哀想なんで……あの、おれ、これで帰ります。今日はいろいろありがとうございました。本当に助かりました」

その場で、深く頭を下げた。加藤に受け取る様子がないのを知って、そっとケースを下に置く。もう一度頭を下げて行き過ぎようとした時、横合いから腕を摑まれる。

「ちょっと待って。帰るって、どこに？　他に行くところはないんだよね？　友達もいないって言ってなかったっけ」

「……今夜は、どっか適当に探します。ネットカフェとか、隣の駅前にあったはずだし」

答えたのとほぼ同時に、やってきたタクシーが目の前で停《と》まる。開いた後部座席のドア越しに、運転手が「加藤さんですか」と確認してきた。それへ頷いてみせて、加藤は慎を見た。

「とりあえず、バイトしない？　荷運びの手伝い」

「え……」

「タクシーは部屋の前まで荷物を運んでくれないからね。あと、子猫がこれからどういう環境で暮らすか気になるよね？　遊びに来るにしても、場所を知ってた方がいいしね」

当たり前のように言ったかと思うと、キャリーケースを慎に押し付けてきた。

予想外のことに、呆気に取られた。そんなに簡単に他人を自宅に呼んでいいのかと——言われたからほいほい行っていいものかと思うと同時に、この荷物と子猫入りのキャリーケースをひとりで運ぶのは無理なのも事実で、どうしようかと逡巡《しゅんじゅん》する。その様子に気づいたのかどうか、加藤はにっこりとあの笑顔を見せて「どうぞ？」と先へ促した。

「……ええと、じゃあ荷物持ちってことで」

一応、そう断ってタクシーに乗り込んだ。あとから乗ってきた加藤が運転手に住所を告げるのを聞きながら、どうにも調子が狂った。

7

辿りついた加藤の「自宅」は、慎の予想を越えていた。

「末廣くん、大丈夫？　やっぱりキャリーが重い？」

心配そうな声で我に返って、慎は自分がその場で棒立ちになっていたことに気がついた。

加藤の自宅だというマンションは、慎が住んでいたアパートとは比較にならないほどきれいで重厚な建物だったのだ。敷地には背の高い樹木が植えられ、正面入り口へのアプローチには柔らかい色のタイルが敷かれている。

「あ……いえあの、何でもないです」

慌てて首を横に振った。両手に荷物を下げた加藤が肩で正面入り口の扉を開こうとするのを目にして、急いで駆け寄って扉を押す。

慎の荷物はキャリーケースと斜めがけの鞄だけだから、片手は自由なのだ。

「あ、ありがとう。じゃあついでに頼んでいいかなあ。右のポケットに入ってる鍵をパネルの横にある鍵穴に押し込んで回してくれる？　それで集合玄関が開くから」

集合玄関というのは、さらに奥にあった両開きの扉のことらしい。一部ガラスが嵌まったまだ新しいそれを眺めたあとで、やっと言われた内容を理解する。

「え、あの、上着のポケット、ですか」

「うん、そう。よろしく」

笑顔で言われて、戸惑いながら加藤の上着のポケットに手を入れた。取り出した鍵で言われた通りの操作をする。とたん、両開きのドアが低い音とともに開いた。見慣れない光景にぎょっとしていると、鍵を抜いてついてくるよう言われる。

「そのまま持っててくれる？　うち、六階の端なんだけど、そこで玄関を開けてほしいんだ」

「すみません、鍵……」

「……じゃあ、荷物持ち、代わります。加藤さんは、猫を」

「却下。猫係はきみだから交替不可」

猫係という言葉に押されて、エレベーターを降りた六階の玄関ドアも慎が開けることになった。先にドアの中に入っていった加藤に奥のリビングまで行くよう言われ、今度は猫用の皿に餌と水を用意して出すように頼まれる。仕事を終えて目をやると、加藤は買ってきたばかりの砂を入れた猫用トイレをリビングのすみに置くところだった。

「じゃあ、子猫出してあげてくれる？　トイレの場所だけ、先に教えてやって」

頷いて、慎はキャリーケースを開く。爪を立てるようにしがみついてきた子猫を抱き上げて、猫用トイレに下ろしてやった。とたんに必死に鳴き出した子猫から見えるよう、傍のフローリングにぺたりと腰を下ろす。小さな頭を指先で繰り返し撫でながら声をかけていると、少し安心したのか声が小さくなった。慎の指から離れたかと思うと、トイレの隅っこで用足しを始める。

場所さえ覚えれば、トイレはさほど心配ないはずだ。ほっとして腰を上げたとたん、すごい勢いの鳴き声がした。振り返ると、子猫がよろよろとトイレから落ちて、慎の踵《かかと》にしがみつくように爪を立てている。まさかと思い数歩先に行くと、やはり鳴きながらあとを追ってきた。足を止めるなり、待っていたとばかりにジーンズに爪を立てて登ってくる。

「うわ待って、おまえ痛いって」

両手で抱き上げると、子猫は慎を見上げてまたしても鳴いた。その顔が、昔実家で飼っていた猫にダブって見えてくる。

「悪いけど、今夜はここで我慢してもらっていいかな」

「え……？」

いきなりの声に振り返ると、リビングの入り口に折り畳んだ毛布を抱えた加藤がいた。大股に入ってきたかと思うと、中央に置かれていた三人掛けらしいソファに毛布を下ろす。よく見れば、一番上には枕まで載っていた。意味がわからずきょとんとした慎を見て、困ったように笑う。

「もしかしてきみ、布団でないと寝られない？　だったら寝室のベッドを提供するにやぶさかじゃないんだけど、その場合、漏れなく僕の添い寝つきになるんだよね。僕はどうも寝相が悪くて、ソファで寝ると夜中に床に落ちる羽目になるしさ」

「………」

数秒、加藤の顔とソファの上の毛布を見比べてから、やっとのことで意味を悟る。

今夜はここに泊まっていけと言ってくれているのだ。

「いやあの、とんでもないです。おれ、もう帰ります。すみません、こいつのことよろしくお願いしま――」

「ごめん、それは困るんだけど」

ぶんぶんと首を振って言いかけると、はっきりとした声で制止された。

「その子、どう見てもきみに懐いてるし、新しい場所を怖がってるでしょう。せめて今夜だけはついててやってくれないかな」

「あの、でもそういうわけには――第一、おれと加藤さんて知り合ったばっかりで」

「そっか。えーとですね、僕は一応、怪しい者ではないです。前に名刺は渡したよね？……ああ、でも名刺は偽造できるからなあ……じゃあこれでも確認して」

言いながら加藤が引っ張り出して見せたのは、顔写真入りの社員証と運転免許証だ。予想外の展開にしげしげと眺めていると、加藤はにこりと笑った。

「見た目とか物言いがちょっと怪しいかもしれないけど、別に僕は危ない人じゃないです。……というわけで、安心してくれる？」

窺うように覗き込まれて、慎は両手を振った。

「すみません、あの……安心できないのって、おれの方じゃないと思います。加藤さん、不安じゃないですか？　おれなんか」

「不安って、どうして？」

むしろ不思議そうに言われて、どう答えればいいかわからなくなった。同時に、ここまで無防備でこの人は大丈夫なのかと心底思う。

耳慣れないメロディとともに、機械音声が聞こえてくる。思わず耳を澄ませたのと、加藤が慎の腕から子猫を抱き取ったのがほぼ同時だった。とたんに賑やかに鳴き出すのを腕に載せ、宥《なだ》めるように毛並みを撫でてやっている。慣れた仕草に、理屈ではなく安心した。

「お風呂入ったから、お客さんからどうぞ。着替えは適当に用意しておいたから、遠慮なく使って。きみが上がってくるまで、この子の相手は引き受けておくから。――ああそうだ、きみ、明日の朝は何時に出る？」

「……あの、加藤さん、は？」

「僕は八時過ぎかなあ。七時には起きて朝ごはんにするけど、一緒に食べるよね？　できれば一緒に出たいんだけど」

「ええと……じゃああの、そういうこと、で」

次から次への勢いで言われて、呑まれるように頷いてしまっていた。浴室まで案内されて、温めのお湯に肩まで浸かることになる。湯気で煙った天井を見上げて、どうしてこんなことになったのかと思った。

突発的な出来事に弱いのは昔からだけれど、ここまで他人のペースに乗せられたのは初めてなのだ。

落ち着かない気持ちで浴室を出ると、脱衣場にはバスタオルと真新しい下着のパッケージと淡い緑のスエットの上下が置かれていた。さらに言うなら、脱いだはずの自分の服が見あたらなくなっている。

迷いながら借りたスエットは慎には大きくて、かすかに煙草の匂いがする。それを、ひどく懐かしく感じた。

緊張気味に戻ったリビングでは、上着こそ脱いだもののネクタイはそのままの加藤が、ソファの前の床に座り込んで煙草をくゆらせていた。眼鏡がヘアバンドのように額に押し上げられていて、そのせいかいつもよりずっと若く見える。

物音で気づいたのか、加藤は慎を見るなり「しー」と言うように唇に人差し指を当てる。足音を殺して近寄ってみると、ソファの上で子猫が丸くなって眠っていた。

「ああそうだ。きみ、煙草は平気？」

「……平気です」

「そう？　よかったよ、あいにく僕は煙草がないと頭が働かないたちで、職場でもよく叱られるんだよね。一応、匂いはこもらないようにしてるんだけど」

そう言う加藤の向こう側、窓際にある四角い機械は、どうやら空気清浄機らしい。

「昔、父親とか兄貴が吸ってたんで。慣れてるから気にしないでください」

重ねて言うと、「そっか。助かった」と笑われた。もう一度ソファの上の子猫に目を戻して、加藤は言う。

「いいよねえ。癒されるっていうか、天下太平で」

ぽそりと聞こえたつぶやきは、のんびりとして優しい。それを聞きながら、慎はソファの横に置いていた自分の鞄を探った。

「あの、すみません。これ、こっちの身分証明っていうか、学生証です」

今さらだと思いながら慎が学生証を差し出すと、加藤は煙草を灰皿に置いた。おもむろに受け取って、ふんふんと眺める。

「理学部の数学科かー。ばりばりの理数系なんだなあ。ちなみにきみ、大学は好き？」

「……勉強は、好きです。ほかに取り柄がないとも言いますけど」

「そうかなあ。立派な取り柄だと思うけどな。勉強が好きなのも才能のうちだからねえ」

余計なことを言ったと臍《ほぞ》を嚙んだ時、加藤は笑ってそう言った。反応できず瞬いた慎の頭を軽く撫でると、「風呂行ってくる。きみはその子と先に寝てなさい」と言い置いて、灰皿を手にリビングを出ていってしまった。

先ほどまで加藤がいた場所に腰を下ろして、慎は小さく息を吐く。ソファの上についた腕に頬を乗せた。

丸くなって眠る子猫は、まるで毛玉のようだ。小さな寝息に合わせて上下する小さな首に、鮮やかな青い色が見えた。

買ってきた首輪を、さっそくつけてもらっているのだ。つまり、この子猫が本当の居場所を見つけたということだった。

くたんと身体から力が抜けた。これで本当に大丈夫だと、心底安堵する。

明日の夜にはアパートから荷物を出して、どこか泊まる場所を探さなければならない。次のアパートといっても家賃の折り合いを思えばそう簡単には見つからないだろうから、おそらく当分はまともに眠れなくなる。

明日ここを出たら、おそらくもう来ることはない。子猫と会うことも、二度とない。だったら今日だけ――今夜だけ、甘えさせてもらおう。ぽつんとそう思い、そんなふうに考えた自分に驚いた。

8

翌日の昼過ぎ、キャンパス内にあるベンチで昼食のパンを食べ終えてから、慎は「彼女」――里穂子からメールが届いていたことに気がついた。

メールの内容はごく短く、今日の午後にキャンパス内にあるカフェで会おうというものだ。都合のいい時間を知らせるようにとの指示に従って、慎は返信メールを送る。送信完了画面を目にした時に、そういえば昨夜の報告メールを出しそびれていたことに気がついた。

何しろ、加藤が風呂から上がるのを待つことすらできなかったのだ。ソァの上の子猫を見ているうちに、いつのまにか寝入ってしまった。

今朝になって目を覚ました直接の原因はすぐ近くでした猫の鳴き声で、間接的には少し離れたところから聞こえた朝の音だ。フライパンで何かが焼ける音、沸騰したお湯が立てる音、そして蛇口から滴《したた》る水の音。

夢うつつに、母親がキッチンで朝食の支度をしていると思った。同時に、何もかもが悪い夢だったのだと安心した。

中学生だったあの頃に「彼ら」が突然家にやってきたことも、両親と兄が別人のようになったことも、……あの日、突然に慎を置いて消えてしまったことも。

小さな舌にざりざりと頰を舐《な》められて目を開けると、そこにいたのはあの大きなきじとら猫ではなく、同じ色味の子猫だった。

（おはよう。じき朝食はできるから、先に顔を洗っておいで）

ぼんやり頭を起こすなり聞こえた声に、ぎょっとして目が覚めた。飛び起きるなりぐらりと身体が傾いて、気がついた時にはソファからフローリングの床に転げ落ちていた。

（大丈夫かな。怪我しなかった？）

キッチンから出てきた加藤の、シャツとネクタイの上からエプロンをかけた格好を見た瞬間に、ようやく昨日の経緯を思い出した。当然のように差し出された手で引き起こされながら、慎は眠りこけていた自分に気づいて青くなった。

テーブルには、ベーコンエッグと野菜スープにパンという洋風の朝食がふたり分用意されていた。数年振りのまともな朝食に喜ぶよりも恐縮してしまい、味もろくにわからなかった。

そのあとは、子猫との別れを惜しむ暇もなく加藤についてマンションを出た。

(今日は、いつものカフェのバイトはある日かな)

(夕方から、シフトが入ってます)

(そっか。アパートには、いつ頃荷物を取りに行くの？　講義の空き時間とか？)

(やらなきゃならないことがあるから、バイトが終わったあとだと思います)

道々で世間話のように言い合って、辿りついた駅で別れた。呆気ないくらいあっさりとした別れだった。

果たしてアレは里穂子の望む「親しくなった」部類に入るだろうか。

その日の講義を終えてから、慎は指定されたカフェへと向かった。

キャンパス内には学生食堂以外に軽食を出すカフェが複数あるが、指定されたカフェは中でも最も値段が高い。敷居の高さに出入り口から入れずにいると、すでに里穂子は窓際の席にいた。前回に劣らない華やかな出で立ちで、巻いた髪を退屈そうにもてあそんでいる。その様子は、席の半分を埋める女子学生の中にあってもわかりやすく目立っていた。

視線に気づいたのか、里穂子が出入り口に目を向けてくる。怪訝そうな顔で手招かれて、慎はおそるおそる店内に入った。

「遅いわよ。ずいぶん待ったじゃない」

そう言う里穂子のテーブルには、カップがふたつ置かれている。ひとつは里穂子の前で、もうひとつは彼女の向かいの席だ。

他に連れでもあったのかと思った時、彼女はぶっきらぼうに言う。

「あなたが悪いのよ。早く来ないから冷めちゃったじゃないの」

「あ。……ええと――貰って、いいんだ？」

「好きにすれば。あたし、二杯も飲まないし。いいから早く座ったら？」

言われるまま彼女の向かいに腰を下ろしながら、慎は彼女が年下らしいと察しをつけた。

同時に、彼女はここではなく、別の大学の生徒かもしれないと思い至る。

前回は自分のことだけで精一杯だったけれど、こうして見れば隙なく化粧した顔のそこかしこにまだ幼い雰囲気があったのだ。さらには、今のこの場所そのものに彼女自身が馴染んでいない気配を感じた。

「どんな感じなの。うまく進展しそう？」

里穂子の問いは直截《ちょくせつ》だ。何から話そうかと迷った慎に焦れたように、早口で言う。

「昨夜、泊まったんでしょ。すごく急展開だったみたいね」

「……――どうして？」

「あたしは何でも知ってるの。ねえ、何がどうなって急にそういうことになったの？　一緒に食事してたってだけでも大進歩なのに、わざわざあなたのアパートまで行ってから、あの人のところに移動したじゃない」

ふんと鼻で笑うように言われて、慎は呆気に取られる。どうしてと考えたあとで、ふっと思いついた。

「もしかして、加藤さん本人から聞いた……？」

「まさか。だいたい、一度も話したことなんてないわよ」

「……話したこともないのに、おれにああいうバイトを持ちかけたんだ？」

「うるさいわね。いいじゃない、ちゃんとバイト代はあげたんだから。それより、どういうことか説明してよ。昨夜、メールの報告がなかった理由もね」

強い声音で言われて、慎は反論を呑み込んだ。小さく息を吐き、昨日の経緯を時系列で説明していく。泊めてもらったのは確かだが昨夜のはあくまでイレギュラーだと口にすると、彼女は少し不満げに唇の端を歪めた。

「なあによー。わざわざ泊まったのに、何もなかったってこと？　個人的に話すようになってすぐお泊まりだなんて、見た目によらず発展家なんだって感心してたのに」

「発展家って、何――」

「手が早いっていうか、やり手ってこと。堅物の高垣教授の愛人やってるだけのことはあるって意味よ」

一応気を遣ってか、里穂子は少し声を落とす。あまりの言いざまに慎が反応できずにいるうちに、あからさまなため息をついた。

「これから頑張ってくれたらいいことにするけど、報告メールは毎日寄越してよね。あたしだって、いつでもあなたに会いに来られるわけじゃないんだから」

言いたいだけ言ってカップの中身を飲み干すと、里穂子はテーブルの端にあった伝票を摑んで腰を上げてしまった。振り返りもせずカフェを出ていく華奢《きゃしゃ》な背中を、慎はぽかんと見送ってしまう。

最低限、親しくなればいいという話だったはずだ。それが、いつのまにか「既成事実を作る」にすり替わってしまっている。

「……無理だよなあ、そんなの……あり得ないっていうか」

今は恋人がいないにしても、加藤のような人なら過去につきあった相手もいたはずだ。そもそも彼が同性相手に恋愛する人だとは限らないし、万一そうだったとしても相手くらい選ぶに決まっている。

食事への誘いは礼代わりで、猫を預かってくれたのは厚意として、泊めてくれたのは行きがかり上、というところだろうか。いずれにしても、慎にできるのは「親しいかもしれない」関係を作るまでがせいぜいだ。

しみじみと思ってから、改めて気づく。だからこそ、里穂子はあれだけのバイト料を出したのだ。そして、今となっては彼女からのアルバイトを辞めるなど論外だった。

次のアパートに入居するには敷金も礼金も必要で、おそらく家賃は前よりも上がってしまう。さらに、秋までには後期の授業料も準備しなければならない。

暗澹《あんたん》とした気持ちで、慎はトランクルームを契約しに行った。

あらかたの荷物をそこに預けて、自分は当面ネットカフェで寝起きする。次の部屋が見つかるまでは、そうするしかないと覚悟を決めた。

できるだけ早く引っ越したいとは思うが、年度が変わって間もないこの時季に空きがある学生向け物件は滅多にない。数軒の不動産屋巡りでそれを実感したあとで、慎はカフェ「華色」でのバイトへ向かう。そうしながら、ふと里穂子の言葉を思い出した。

(まさか。だいたい、一度も話したことなんてないわよ)

里穂子は、どうしてそんな相手に――加藤に、あんな金をかけてまで「男」をけしかけようとするのだろうか。

「加藤さん……いい人っぽいけどなあ……」

ぽとんとこぼれた言葉は、慎の本音だ。正確には「度の過ぎたお人好し」だという気がするけれど、いずれにしても周囲から恨みや悪意を受けるような人ではないと思う。逆恨みという可能性があるにしても、一度も話したことのない相手に対して、あんなやり方を取るというのも解せない。

冷静になってみればわからないことだらけなのに、アルバイトを辞めることができない。そんな自分を情けなく思うと同時に、加藤に対して後ろめたい気持ちになった。


その夜、カフェ「華色」に加藤が現れたのは、閉店まで残り一時間を切った八時過ぎになってからだった。

「ねえ、あれ、彼女かなあ。まさか、奥さんてことはないよねえ……？」

「え、嘘、待ってよ！　独身でしょ？　指輪とかしてないいんだし」

「結婚してても指輪しない人っているよお。うちの兄なんか一度もつけたことないもん」

奥のテーブルから追加オーダーを聞いてカウンター前に戻ると、スタッフの女の子たちが顔をつきあわせてそんなことを言い合っていた。気にもせずにカウンター奥にオーダーを伝え、空いたテーブルを片づけに行こうとした時に、横から声をかけられる。

「ねえねえ末廣くん、窓辺さんと知り合いだっていうの、本当？」

「……はあ。まあ」

「だったら訊いていい？　今、窓辺さんの席にいる女の人って、恋人？　それとも、もしかして奥さん？」

真剣な顔で訊いてきた相手は、慎と同じアルバイトの女の子だ。確か、近くの女子大に通っていると聞いた覚えがあった。

「窓辺さん……来てるんですか」

「さっき来たの。女の人と一緒なんだけど、まさか奥さんってことはないよねえ？　だって指輪してないし！」

「……はあ」

曖昧に返して、慎はさっさとテーブルの片づけに向かう。残ったカップ類をトレイに載せながら、今になって何を言うのかとむっとした。

常連客としての評判が上々の割に、加藤は女性スタッフからの、色めいた意味での人気は薄い。それも「彼氏にするには物足りない」だとか、「いい人だけど、それだけじゃあねえ」といった失礼千万な理由からだ。バイトを始めた早々に耳にした時にもどうかと思ったけれど、個人的に知り合った今になればさらに身勝手な言い分だと思う。

テーブルを拭きながら窓辺の席に目を向けると、見覚えのあるスーツの背中があった。斜め後ろの角度からも、加藤が「華色」のロゴが入ったカップを口に運んでいるのがわかる。手許には、いつものように灰皿が置かれていた。

そして、その向かいには噂の「女の人」がいた。淡い色のブラウスの上に上着を羽織り、長いスカートの下で組んだ足には高いヒールを履いている。年齢は加藤より少し下くらいだろうか、きれいに輪郭を描いた唇に細い煙草を挟んで、艶《あで》やかな笑顔で加藤を——加藤だけを、熱っぽく見つめている。

もしかして、新しく恋人ができたのだろうか。冷静に考えたあとで、どうしてか急に腹の底が重くなった。

使用後のグラス満載のトレイを手にカウンターに戻ると、まだそこにいたアルバイトの女の子が寄ってきた。声を潜めて言う。

「どうだった？　ねえ、あの女の人って窓辺さんの何なの？」

「……さあ。おれもそう親しいわけじゃないから」

「だったら今度訊いてみてくれない？　わからないまんまだと気になるしー」

懇願してくる女の子を、少し離れたところにいる別のアルバイトがにやにやしながら眺めている。その様子に気づいて、さらに気が重くなった。

「……自分で訊いた方が、早いんじゃないですか」

「質問のひとつくらい、いいじゃない。ほんのちょっとのことでしょ？」

「プライベートで会うことは滅多にないですから。あと、人のプライバシーをどうこうするの、嫌いなんです」

ぼそぼそと言うなり、女の子は露骨に顔を顰めた。何も言わず、ふいと顔を背けて離れていってしまう。

昨夜の礼をもう一度言っておくつもりだったけれど、この状況では次回にした方がいいかもしれない。そんなふうに考えていると、機会は拍子抜けするほど簡単に巡ってきた。支払いに向かう客を認めた慎がレジに入ったところで、加藤が伝票を手に席を立ったのだ。順番が来るなり、慎に伝票を差し出しながら言う。

「今日のバイトは、ここが終わったらおしまい？」

「……そうです。あの、昨夜から、いろいろとありがとうございました」

「どうしたしまして。またね」

いつもの笑顔で言って、加藤が店を出ていく。出入り口近くで待っていた女性があとをついて行き、少しばかり強引に腕を組もうとする様子が目に入った。

たぶん、ああいうのを「お似合い」と言うのだ。

ぽつんと思った瞬間に、胸の底に巨大な石が落ちてきたような気がした。

どうしてこんなに落ち込んでるんだろうと自分でも不思議に思いながら、慎はアルバイトを終えた。急いで着替えをすませ、駅まで走って電車に飛び乗る。

アパートから借りたトランクルームまでは、電車を使って二駅ほどだ。さほど荷物は多くないとはいえ、そのうち半分は資料として集めた本やコピーといった紙類だから、嵩《かさ》の割に相当重い。昼間のうちに安いカートを買っておいたが、二度や三度の往復ではすまないに違いない。

息を切らして辿りついたアパートの敷地内はしんとしていた。大家のところに来客でもあるのか、片隅に見慣れない車が停まっている。それを横目に玄関先に急いでいると、ふいに背後から声がした。

「お疲れさま。手伝うよ」

「……は……？」

振り返って、慎はぽかんとする。

どういうわけか、そこに加藤がいたのだ。一時間ほど前に店の前で別れた時と同じ姿で、くわえていた煙草を携帯用灰皿でもみ消す。スーツのポケットに押し込みながら、大股に近づいてきた。

「荷物、移動するんだよね？　いくら何でも徒歩だときついだろうから、ついでに車も回してきたんだ。この時間だし、早めにすませた方がいいよね」

「え、あの、でも、何で」

やんわりと肩を押されて、混乱したまま一緒に二階の自室に向かうことになった。

「ここにあるもの、全部持ち出していいかな。置いていくものとか、捨てるものはない？」

「ないです。もともと、荷物とかそんなにないし」

「了解。じゃあ早くやっつけよう。僕はそこにある本をまとめるから、きみは細かいものを荷造りしていって」

さらりと言って壁際に積んだ本に近づく加藤に、やっとのことで慎は言う。

「あのっ、大丈夫ですから！　自分のことだし、自分で」

「気持ちはわかるけど、ひとりじゃきついと思うよ？」

「でも、そこまでしていただく理由がないですから」

「気にしなくていいよ。理由があるのは、きみじゃなくて僕の方だから」

にっこり笑顔で言って、加藤は指先で眼鏡を押し上げる。「え」と瞬いた慎を見下ろして言う。

「乗りかかった船だし、気になることには関わっておくのが信条なんだよね。後の祭りで後悔するの、嫌いだからさ。――急ごうか。時間が時間だし、あんまり遅くなると大家さんが寝ちゃうかもしれない。ここの鍵も、今日中に返しておいた方がいいんじゃないかな」

言って、てきぱきと本をまとめ始めてしまった。

ひとりでは時間がかかる作業も、ふたりになればずいぶん早い。荷物を出したあと、掃除機の代わりに箒と雑巾《ぞうきん》で掃除を終えて、慎は一年と少しを暮らした部屋を出た。

「ありがとうございました。助かりました。……あの、大家さんてまだ起きてるでしょうか」

「たぶん大丈夫じゃないかな。きみに渡すものがあると仰ってたし」

腕時計にちらりと目をやって、加藤が言う。それを聞いて、慎は施錠したばかりのアパートの玄関と自室の鍵を手に、大家の自宅へ向かった。

呼び鈴を鳴らすと、大家はすぐに顔を出した。これまでの礼と先日の詫びを言い、鍵を差し出した慎をじろじろと眺める。間に玄関の引き戸を挟んだ格好で受け取った鍵を確かめると、書類を挟んだコルクボードを無愛想に突き出してきた。

「一番下に名前を書いとくれ。ああ、右上にある欄に今日の日付もね」

受け取って見ると、一番上に退去の同意書とあるのがわかった。言われた通りに署名してコルクボードを返すと、今度は封筒を突き出される。

「持ってお帰り。——やれやれ、あたしはもう寝るよ。あんたたち、静かに帰っとくれよ」

言ったかと思うと、本当に目の前で玄関の戸を閉じられてしまった。

「……ありがとうございました。いろいろ、お世話になりました」

我に返って口にした言葉は、果たして大家に届いただろうか。下げていた頭を上げてすぐに、今度は加藤から「じゃあ行こうか」と言われる。

「あの、本当にありがとうございました。でも、あとはもうおれ、ひとりで大丈夫なんで」

「ひとりで、しかも徒歩であれを運ぶのはやめておいた方がいいと思うけどなあ……警察に見られたら、不審尋問されかねない」

「ふしんじんもん、て」

「真夜中に大荷物を抱えての移動だからねえ。あの量だと一回では終わらないよね」

言って、加藤はひょいと慎の顔を覗き込む。悪戯《いたずら》っぽく言った。

「きみの荷物は全部、僕の車に載ってるんだよ。下ろすのはいいけど、どこに置いておくつもりかな？」

「それは……ここの敷地のすみっこにでも」

「今夜の予報は雨だよ。降ってきたらどうするの」

苦笑混じりに、ぽんぽんと頭を撫でられた。

「いいから乗っていきなさい。よく言うでしょう。袖振り合うも多生の縁だよ。――きみがどうしても厭なら無理にとは言わないけど。どうかな？」

心配そうに覗き込まれたら、もう断れなくなった。うまく働かない頭で必死に考えて、慎は言う。

「だったら、トランクルームまでお願いしていいですか？　二つ先の駅近くなんですけど」

慎が訥々と口にした住所を最後まで聞いてから、加藤はあっさりと言う。

「了解。じゃあ、雨になる前に移動しようか」

9

何がどうなっているのかと、思った。

「あ、あの！　すみません、加藤さん、ここ……っ」

「はい到着ー。じゃあ、先に荷物を下ろそうか。この時刻に外で話すのはご近所迷惑だから、詳しい話はうちに入ってからね」

慣れた仕草で自分のシートベルトを外した加藤が、助手席で啞然《あぜん》としていた慎の頭をぽんぽんと撫でる。するりと車を降りていってしまった。

「か、加藤さ……」

すぐさま車を降りようとして、シートベルトに阻まれた。手間取りながら外して外に出た時には、加藤が広げた台車の上に慎の荷物が載っている。目が合うなり、畳んで丸めた寝袋を差し出された。

「末廣くんは、これ持って。大丈夫かな、重くない？」

「重くないです、けど」

訊きたいことも言いたいことも山のようにあったけれど、辛うじて呑み込んだ。加藤についてマンションに入り、六階でエレベーターを降りて廊下を歩きながら、「何で、どうして」という問いが頭の中を駆け巡っている。

ここは、昨夜泊めてもらった加藤のマンションなのだ。どういうわけか、アパートからまっすぐにここに連れて来られてしまった。

「末廣くん、先に上がって猫に餌やってくれる？　僕は残りの荷物を取ってくるから」

「え、あの、でもっ」

「初めての家で、長く留守にしたでしょう。心細かっただろうし、僕よりきみの方が猫もいいだろうから」

手早く台車から荷物を下ろすと、加藤はさっさと玄関から出ていってしまった。

来るのはこれが二度目の家の玄関先で、慎はどうすればいいのかわからなくなる。と、その時、猫の鳴き声が聞こえてきた。よくよく見れば、突き当たりのドアに嵌まった磨《す》りガラスの向こうで小さな毛玉が動いている。同時に、かりかりと何かを引っかく音がした。

「え、あ……！」

ドアの向こうで爪を立てているのだと察して、急いで靴を脱いだ。廊下に上がってリビングのドアを開くと、そこにいた子猫を抱き上げてそそくさと玄関先に戻る。脱いだばかりの靴の踵を踏むようにして履くと、壁際に積み上げられた自分の荷物の横にしゃがみ込んだ。立てた膝《ひざ》と腹の間に嵌まり込んだ子猫が、ぐるぐると喉を鳴らして喉許までよじ登ってくる。必死な様子に手を貸してやると、顎の下に顔を突っ込んできた。すりすりと懐かれて、困ったと思いながらも頬が緩む。

「あーのなあ……おまえ、今はここんちの子なんだよ。もうおれとは関係ないの。な？」

言い聞かせてやったのに、今度はざりざりと顎を舐められた。手のひらから伝わってくる体温と早い鼓動を感じながら、どうしてこんなことになっているんだろうと思う。

ため息混じりに子猫を覗き込んだ時、玄関ドアが再び開いた。台車を押して入ってきた加藤の目が、慎と子猫を見るなり眼鏡の奥で笑うのがわかる。

「おや。そこでふたりして座り込み？」

「……あ！　すみません、あの、おれ、勝手に上がっ……」

「うん？　だから上がってその子に餌やって、末廣くんもちょっと休憩したら……ってつもりだったんだけどなあ。やっぱり言葉が足りなかったか」

苦笑混じりに言うと、加藤はさっさと靴を脱いだ。慎の前に屈《かが》み込むと、慣れた仕草で子猫を抱き上げる。空いたほうの手で慎の肘《ひじ》を摑んで立たせると、当たり前のことのように廊下の先に歩き出した。

「あ、あの、加藤さん、……っ」

「はいはい。とりあえず、話の前に軽く食べようか。きみ、夕食まだだよね？」

リビングに入るなり畳みかけるように問われて、慎は反射的に頷いていた。

「人間さまの食事の支度は引き受けるから、きみはその子に餌やってくれる？　ついでに、どっか怪我とかしてないかだけ確認よろしく。幸い、さほど悪戯はしてないみたいだけど」

言うなり慎に子猫を押しつけて、加藤はキッチンへ入っていってしまう。途方に暮れて突っ立っていると、「餌の置き場所はわかる？」と声をかけられた。

迷いながら、慎はひとまず言われた通りのことをすませた。ついでに猫用トイレの砂を入れ替えて、寝床のタオルもきれいにしておく。ざっとリビングを確かめたところ粗相の形跡はなく、ローテーブルの下にからになったティッシュボックスが転がり、周辺に中身の残骸《ざんがい》が散っている程度だ。

千切れたティッシュを拾い集めて、辛うじて形を保っているボックスの中に押し込む。玄関先の荷物からガムテープを取ってきて、カーペットについた細かいゴミを取っていった。幸い子猫は餌に夢中で、寄ってくる気配はない。

ゴミがついたガムテープを接着面を内側にして丸めながら、カフェで一緒にいたあの女性はどうしたんだろうとふいに思った。

見た限り、ここには加藤と慎しかいないようだ。恋人だとしても、今夜のところはあれで別れたのかもしれない。考えたとたんにまたずんと胸が重くなった。

「末廣くん、そこはもういいから手を洗っておいで」

「あ」

加藤が、カウンター越しにリビングを覗いていた。今になって反論するのもどうかと思えて、慎は素直に洗面所に向かう。手を洗って戻ると、すでにローテーブルにはふたり分の煮込みうどんが並んでいた。

「この時間だから軽めにね。熱いから気をつけてどうぞ」

「……すみません。いただきます」

躊躇いがちに言って、慎は箸を取った。よく見ればうどんの間には白菜や人参といった野菜に肉に卵に揚げと具材がたくさん入っていて、出汁《だし》まで利いている。空腹には染みるように美味しくて、いつの間にか夢中で食べていた。

ようやっと人心地ついたのは、からになった丼をテーブルに戻した時だ。見ればいつの間にか加藤は目の前におらず、慎は焦って周囲を見回す。と、廊下に繋《つな》がるドアから加藤が姿を見せた。

「全部食べた？　じゃあ、その丼持ってきて。お茶淹《い》れるからね」

頷いて、言われるままキッチンに向かった。丼の代わりに湯飲みがふたつ載ったトレイを渡されて、慎は素直にリビングに戻る。加藤が向かいのソファに座るのを待って、慎は自分から切り出した。

「あの、……ごちそうさまでした。いろいろありがとうございました。おれ、これで帰ります。今は無理ですけど、またお礼をさせてください」

「うん。そのことだけど、どこに帰るのか訊いていい？」

ストレートな問いに、一拍返答に詰まる。言葉を探しているうち、足許に擦りついていた子猫がジーンズをよじ登ってきた。顔を顰めた慎が膝に抱き上げたところで、加藤はすらりと続ける。

「決まってないんだったら、もうしばらくここにいてくれないかな。その子、うちに慣れるのにもう少し時間がかかりそうだし」

「そ、んなことないと思いますけど……」

先ほど加藤が抱き上げた時、子猫は厭がる素振りどころか、甘えるような鳴き声をあげていたのだ。

「でも、こうしてる時には必ずきみのところに行くでしょう？　あと、勝手だとは思うんだけど、僕の都合もあってねえ。当分、勤務が変則的になりそうなんだ」

「変則的……ですか」

「そう。とりあえず、このあと僕はまた職場に戻ります。たぶん、帰りは朝になるんじゃないかな」

え、と思わず目を瞠っていた。

慎の前でゆっくりとお茶を啜《すす》って、加藤は苦笑する。「煙草吸ってもいい？」と訊かれて頷くと、短く礼を言ってローテーブルの上にあった煙草をくわえた。ライターで火を点《とも》し、空気清浄機のスイッチを入れる。

「ちょっとしたトラブルがあって、人手が足りなくなったみたいなんだよね。だからって、その子をずっと放っておくのも気になるし」

「……人手が足りないのに、カフェに行ったりうちに帰ってきたりしていいんですか？」

溢れた言葉は純粋な疑問だ。あり得ないと言い張る気はないけれど、どうにも違和感があるる。

「連絡がきたの、ついさっきだからね。本来は僕と関係ないチームからヘルプの声がかかったんであって、出てくるのは用事を片づけてからでいいって言われたし」

「え、と……だけど、おれみたいのがここにいたら、困りませんか」

「むしろ逆かな。きみがここにいてくれたら助かります。状況次第では数日ろくに帰って来られなくなるかもしれないしね。日に一度、餌やりだけで放っておくのは可哀想でしょう」

柔らかい口調で言ったかと思うと、加藤は煙草の灰を灰皿に落とす。真顔になって続けた。

「あと、もうひとつ。僕は世に言う偽善者なんです。余計なお世話するのが趣味っていうか、かなり好きだったり」

「は……？」

「いったん気になりだすと、とことん気になる方なんだよ。恩人の窮地でもあるんだし、それなら自分で抱え込んだ方が楽だな、と」

ふわりと笑った顔で言われて、慎はぽかんとする。おうむ返しに言った。

「恩人、って」

「うん。きみのこと。ネズミ講に入るのを止めてもらって、うちの子を拾って助けてくれたわけで、つまり二重の恩人だから」

「ネズミ講の件はもうご馳走になってるし。子猫はこっちが加藤さんに頼んで……あれが、あの時のお礼だったんじゃあ」

「そうだっけ？　でも、恩人なのは間違いないよね。まあ、これは完全に僕の我が儘なんだけど。きみが新しい部屋を見つけるまでの限定ってことでどうかな」

お伺いでも立てるように言われて、呆然と見返した。何か言わなければとぐるぐる考えているうち、ぽつんと言葉がこぼれて落ちる。

「あの。……今日、店に一緒に来てたの……加藤さんの恋人とか、じゃあなかったんでしょうか。バイトの女の子が、気にしてたんですけど」

言ったあとで、自分でも何を言うのかと思った。

「そういう人がいたりしたら、その……おれがここにいると、邪魔になるんじゃあ」

加藤が目を丸くしているのに気がついて、自分でも収拾がつかなくなった。言葉に詰まって視線をうろつかせていると、小さく笑う気配がする。

「残念ながら、違います。今は恋人はいないし、そもそも募集もしてないよ。彼女、うちの職場……僕のチームに先週から入った新人さんなんだけど、仕事の話があるとか言って追っかけてきたんだ。……あれ、だけど肝心の仕事の話が出なかったな」

「でも、支払いは加藤さんでした、よね……？」

「結局連れみたいになったのと、立場的には僕が上司だからね。けど、あとでちゃんと釘《くぎ》は刺したよ。仕事に熱心なのはいいんだけど、彼女、どうもピントがずれてるんだよなあ」

「はあ……」

暢気な声を聞きながら、あれほどあからさまだった彼女の態度の意味に気づかない加藤の方も、立派にピントがずれているんじゃないかと思った。

コメントのしようがなく黙っていると、膝の上で丸くなっていた子猫が小さく鳴く。それを眺めて、加藤が思い出したように言った。

「ああそうだ。これを訊いておこうと思ってたんだけど、その子の名前は？」

「――決めてないです。その、おれが飼えるわけじゃないし、だったら名前をつけるのは違うかなって思ったから」

慎の返事に、加藤は軽く眉を上げて笑う。

「了解。じゃあさ、早いうちに決めておいてくれる？」

「え、……おれが、ですか。でも、こいつはもうここの猫ですよね？　だったら、加藤さんが決めた方がいいんじゃあ」

「きみ、星に興味ある？　植物とか、昆虫でもいいんだけど」

いきなり変わった話題にきょとんとした慎を見下ろして、加藤は悪戯っぽく笑った。

「未発見の星や、植物とか昆虫の新種の名前は、発見者がつけるものなんだよ。その子を一番に見つけたのがきみなら、名前をつけるのはきみの権利じゃないかな」

「権利って、でも」

「ちなみにきみが権利を放棄した場合、自動的にきみの名前がその子につきます。マコトだと長いから、マコちゃんとかそのあたりかな」

「え、いや……それはちょっと」

加藤の声で名前を呼ばれて、どういうわけだか気恥ずかしくなった。必死でぶんぶん首を振っていると、加藤が笑い混じりに言う。

「だったらきみが考えてやって。……ああ、僕はもう行かないとだな。風呂はそこのパネルを操作すれば湯が溜まるし、タオルとかシャンプーもあるものを好きに使っていいよ。荷物はとりあえず玄関横の和室に入れてあるけど、布団の用意がまだだから、悪いけど今夜もそこのソファと毛布使ってくれる？」

「あの、でも加藤さん――」

「明日の朝、そうだなあ……七時前には一度帰ってくるから、朝食は一緒に摂ろうか。合い鍵もその時に渡すよ。今はちょっと時間がないからごめん。じゃあ、行ってくるから」

言うなり、加藤は煙草をもみ消した。灰皿を手に腰を上げたかと思うと、傍らにかけてあった上着を手に、大股にリビングを出ていってしまう。

慎は、すぐには動けなかった。しばらくののち、玄関先でドアが開閉する音がしたが、すぐに静かになる。

（じゃあ、行ってくるから）

最前の加藤の言葉の意味が頭に染み込んできたのは、そのあとだ。立ち上がろうとして、膝で眠る子猫に気づいておたおたする。やっと思いついてソファの上に子猫を下ろし、駆け足で玄関先に出た。玄関の鍵をもどかしく開けて出た廊下は照明で明るかったが、周囲はすっかり深夜に沈んでいた。

取り付いた廊下の手摺《てす》りから見下ろすと、街灯の明かりの中、駐車場の車に乗り込む加藤の姿が目に入った。その車は、すぐに駐車場から出ていってしまう。

「……嘘、……」

自分のつぶやきが、やけに遠く聞こえた。

「何でそんな、簡単に信用できるんだよ……っ」

やりすぎなどというものじゃない。お人好しと言ってすむことでもない。上に超がつく、あり得ない、馬鹿としか言いようのない――大間抜けだ。

背後で聞こえた小さな鳴き声とふくらはぎに走った小さな痛みに、慎は我に返った。振り返ると、あとを追ってきたらしい子猫がジーンズに爪を立てている。慎の顔を見るなり、何かを催促するように大きく鳴いた。

「――……」

子猫を抱き上げて、慎は玄関を入る。今まで住んでいたアパートとはまったく違う空間に、途方に暮れた気持ちになった。

慎が出ていったら、この玄関は開けっ放しになってしまうのだ。少なくとも加藤が戻ってくるまでは、ここにいるしかない。

「何がどうなってんだろ……なあおい。あの人、何考えてんだと思う……？」

玄関ドアの内鍵をかけたあと、リビングに向かいながら腕の中の子猫に訊いてみたら、返事の代わりに指に噛みつかれた。ソファに戻り鞄を目にして、今日の「報告」がまだだったと気づく。

何をどう書いて送ればいいのかと迷ったものの、結局は事実だけを書いてメールを送信する。数分後、これまでは一度もなかった返信が届いた。

――好都合じゃない。頑張って早く既成事実を作るのよ。

少し考えて、「無理だと思う」とさらに返信した。加藤が「職場の新人さん」だと説明した女性のことを敢《あ》えて「これから恋人になるかもしれない」と付け加えて送ったせいか、間を置かず今度は電話がかかってくる。

『いいからちゃんとやるべきことをやってちょうだい。言っておくけど、できなかったらお金は返してもらうわよ？』

「あの……けど、確か最初は親しくなるだけでいいって、言っ……」

『誘惑する自信がないの？　だったら頑張ってそこに居座ることね。そうねえ、一週間くらい保ってくれたら、既成事実なしで成功ってことにしてあげてもいいわよ』

結局は押し切られて、通話は一方的に切れた。携帯電話の青いボディを指先で撫でながら、慎は困惑する。

ここにいれば助かるのは事実だ。一週間泊めてもらえたら里穂子のアルバイトは自動的に完了になるようだし、下手な「誘惑」をやらかして迷惑をかける必要もない。おまけに、慎は明日からの寝場所に困らずにすむ。

「……——」

けれど、それでは加藤に甘え過ぎではないか。慎の都合ばかりを理不尽に押し付けることになってしまわないだろうか？

考えても、うまい答えが出なかった。ソファの上、膝で寝入った子猫を撫でながら、慎は主のいない部屋で小さく身を竦めていた。

10

一晩考えてみても、答えは出なかった。

閉じられたカーテン越しに窓の外が明るくなっていくのを、ソファの上で毛布にくるまってぼんやり眺めたまでは覚えている。いつの間にか微睡《まどろ》んでいたらしく、次に目が覚めた時にはキッチンで火や水を使う音が聞こえていた。

一瞬で、目が覚めた。飛び起きて振り返ると、キッチンカウンターの向こうに加藤がいて、慣れた様子で食事の準備をしている。

慎はすぐにキッチンに駆け込んだ。ワイシャツとネクタイの上からエプロンをかけた格好の加藤にぎょっとしたあとで、しっくりと似合っていることに気づく。子猫はその足許に、見張りよろしくちょこんと座っていた。

「あ、あの、すみません！　おれ、寝坊して」

「おはよう。それと、ただいま」

笑顔とともに返されて、慎は咄嗟に返答を失う。もう見慣れたにっこり笑顔に促されるように、もう何年も口にしたことのなかった言葉を唇に乗せた。

「おはよう、ございます……あと、お帰りなさい」

「はい、ありがとう。じき朝ごはんはできるから、使った毛布を畳んで玄関の横の和室に入れておいてくれる？」

「え、でも」

「ついでに顔も洗って着替えておいで。のんびりし過ぎると朝ごはんが冷めるから、ほどほどに急いで。はい行ってらっしゃい」

声とともにぽんと背を押され、言われるまま毛布を片づけて洗面所に向かった。鏡で見た自分の顔は寝不足そのもので、どうやら気を遣わせてしまったらしいと気づく。

身支度をすませてリビングに戻ると、ローテーブルに和風の朝食がふたり分並んでいた。餌をもらって満腹したらしく、子猫はソファの片隅で丸くなっている。その隣に腰を下ろすと、おもむろに加藤が両手を合わせた。つられた形で「いただきます」を言って、慎は戸惑いながら箸を手に取る。

「大学は何時からかな。今日はいつ頃出かける？」

気持ちのいい食べっぷりを見せながら、加藤が訊く。少し考えて、慎は口を開いた。

「八時半に出れば、間に合うと思います。けど、荷物とかあるから」

「同じくらいだな。じゃあ、ついでに一緒に出ようか」

「え、あの……仕事、なんですか？　でも、昨夜――」

結局帰ってこなかったせいだけでなく、加藤の顔つきや目許の表情でわかる。昨夜、この人はまともに眠っていないはずだ。

「んー、実はまだ一段落してなくてね。いったん休憩だって言うから、まともな食事がしたくて帰ってきた。――ところできみの荷物のことだけど、荷ほどきは急がなくていいんじゃないかな。使うものだけ出していくやり方でも、そう困ることはないと思うよ？」

即答されて、慎は卵焼きを割っていた箸を止めた。目をやると、加藤はいつもの笑顔で見返してくる。それで、同居前提の物言いがわざとだと――一晩経っても加藤の意向は変わらないのだと知った。

いったん箸を置いた加藤が、スラックスのポケットを探る。取り出した一本の鍵を、ローテーブルの慎の側に置いた。

「これを渡しておくよ。スペアがなかなか作れないらしいんで、失《な》くさないように気をつけて。一階の集合玄関もこれで開くからね」

銀色の鍵を見たまま、手を出すことができなかった。やっとのことで、慎は言う。

「ありがたいことだとは思います、けど……甘え過ぎじゃないでしょうか」

「うん？　僕がきみに、という意味？」

「逆です。最初っから助けていただいてばっかりっていうか、おれが一方的に迷惑をかけてるだけだと思うんですけど」

泡を食って否定したあとで、加藤が可笑《おか》しそうに笑っているのに気がついた。からかわれたような気がして顔を顰めていると、気を取り直したように加藤も真顔になる。

「訂正します。僕は、自分の方がきみに甘えている気がしてるんだけどね」

「……どこがでしょうか。おれは」

「猫ときみがいてくれると、気持ちが潤うから。……っていうのも本音なんだけど、切実なところでは、その子をちゃんと見てくれる誰かにうちにいてほしいんだ」

言って、加藤はソファの上の子猫に目を向けた。

「引き取った以上は責任を取るつもりだから、僕の都合が難しい時はきちんと面倒を見てくれる人に頼みたい。それが末廣くんだっていう話」

「ペットホテルとか、は……？」

「預けっぱなしになりそうだし、時間が取れた時にすぐ会えないのは厭かなあ。その点ここなら自分の家だし、二十四時間大丈夫だからね。そうなると、いろんな意味できみと僕の利害は一致してると思う。無理強《じ》いするつもりはないけど、考えてくれないかな」

「無理強いは、ないです。結局、甘えてるのはおれの方だし。……だけど」

からになった朝食の皿に箸を置いて、慎は加藤を見る。そうして、加藤の提案に頷きたがっている自分に気がついた。

昨夜の時点で、気づいていたことだ。加藤の部屋は、とても居心地がいい。部屋がという意味だけでなく、加藤と同じ空間にいることに苦痛を感じない。むしろ、肩や背中から力が抜けて楽になっていく気がする。それは家庭の事情やアパートの経緯を知られてしまったせいかもしれないし、有無を言わさず引っ張り回しているようで、加藤が最後には必ず慎の意志を尊重してくれるせいかもしれなかった。

「……アパートは、急いで探します。あと、もしおれが迷惑だったり困ることをしたりしたら、必ず教えてもらえますか？　たぶん、気がつかないことも多いはずだから」

「もちろんです。じゃあ、うちにいてくれる？」

「ええと、……すみませんけど、お世話になります」

意を決して口にしたとたん、加藤は本当に嬉しそうな顔で笑ってくれた。ふっと視線を上げたかと思うと、気がついたように言う。

「と、急がないと時間がまずいみたいだ。末廣くん、すぐ出られる？」

え、とつられて振り返って、背後の壁に時計がかかっているのに気がついた。時刻はもうじき八時二十五分を回るところだ。

「はい。あ、そうだ。おれ、洗い物すませて行きますから、加藤さんは先に出かけてください。仕事なんですよね？」

「いや、道々で相談したいことがあるから一緒に出よう。ここは僕が下げておくから、きみは出かける支度をして」

結局、ふたりがかりで食洗機に食器を押し込んでからマンションを出た。よく晴れた通りを駅に向かって歩きながら、加藤は言う。

「そうだ。連絡用に、携帯電話のナンバーとアドレスを教えてもらっていいかな？」

「すみません。おれ、携帯は持ってないんです。用がある時はアパートの共同電話にかけてもらっていて」

意外そうな顔をされるのは、予測済みだ。大学での知人たちは皆呆れた態度だったし、バイト先では「あり得ない」と言い返されたことを思うと、穏やかな反応と言っていい。

「そっか。じゃあ、僕のを貸しておこうか？　僕は社用のでも事足りるから」

「いえ、そんなわけにはいかないです。どうせ使わないし」

急いで固辞した慎を見下ろして、加藤は困ったように言う。

「たぶん、これからは使うことになると思うよ。きみはともかく、僕の方がいろいろ不規則だから、そうでないと迷惑をかけるかもしれない。――ああ、だったらプリペイドの携帯を持つ気はないかな。当面のことなら十分足りるはずだから」

「プリペイド、ですか。……いくらくらいするものなんですか？」

「メールと通話だけで、メールも長文設定にしないんだったら月に千円程度で抑えられるんじゃないかな。料金はチャージ式だったはずだから、あとでとんでもない請求が来ることもないし」

確かに、他人の家に転がり込む以上は相手の都合も考えるべきなのだ。迷ったものの、結局慎は加藤を見上げた。

「じゃあ、今日にでも自分で買ってきます。どこで売ってるんでしょうか」

「ああ、じゃあ僕がプレゼントするよ。こっちの都合で必要になるんだし」

「いえ。私用でも使いますから、自分で」

意識して押し切って、加藤が教えてくれる内容を頭に入れた。その頃に、遠目に最寄り駅が見えてくる。

ここから、加藤は地下鉄で慎は私鉄になるのだそうだ。

「携帯買ったら、とりあえずメールくれる？　番号とアドレス知っておきたいから」

「あ、はい。あの、加藤さんの連絡先は」

「この間渡した名刺の裏に書いてあるから、そこまでよろしく。――あともうひとつ。この間言いそびれてたけど、アパートの大家さん、きみのこと心配してたよ」

思いがけない言葉に、慎は怪訝に加藤を見上げた。その頭を軽く撫でるようにして、加藤が言う。

「住む場所が見つからないようなら、知り合いを当たってみるから連絡してほしいってさ。ただ、あのアパートにもう一度きみを入居させるわけにはいかないとも言ってたけど」

「それは……おれが悪かったから、仕方ないんで」

「大家さんね。猫が嫌いっていうより、生理的に苦手なんだそうだよ」

え、と目を見開いた慎を神妙な顔で見つめて、加藤は続ける。

「大家さんが子どもの頃に、当時赤ん坊だった妹さんが猫のせいで亡くなったんだそうだ。以来、どんな猫でも触るどころか見るのも駄目なんだって」

「亡くなったって……猫の、せいで？」

「もちろん猫がわざとやったわけじゃなくて、要は不幸な事故だったらしいけどね。詳しいことまでは聞いてないけど、理屈じゃなく虫酸《むしず》が走るんだそうだ」

「――……」

思いがけない内容に、慎は小さく息を呑む。そうして、自分がやったことの意味を思い知った。

「……あの。もう一度、謝りに行くのって迷惑でしょうか」

「そこまではしなくていいと思うよ。きみが素直に退去に応じたので気はすんだみたいだし、かえってすまないとも思ったようだから。部屋も傷んでなかったそうだしね。——敷金、全額返ってきたでしょう？」

言われて初めて、あの時、大家から渡された封筒を見もせず鞄に押し込んだままだったと思い出した。

俯いて考えていると、ふいに背中を優しく叩かれた。反射的に見上げると、加藤はいつもの笑顔で言う。

「そういうこともある、っていう話でいいと思うよ。反省もしたんだから、二度とやらなければいいんじゃないかな」

「……はい。そうします。あの、ありがとうございました」

「どういたしまして。じゃあ、僕はこっちだから。気をつけて行っておいで」

ぽん、ともう一度、頭に手を置かれた。小さい子どもになったような気持ちで、慎は反射的に答える。

「はい。あの……加藤さんも、気をつけて行ってきてください」

「うん。行ってきます。──連絡先よろしく。待ってるからね」

ふわりと笑ったかと思うと、加藤は大股に地下鉄の階段を降りていった。スーツの背中が人波に紛れるのはすぐで、なのについしばらく見送ってしまう。

──今日から、あの人の家に居候させてもらうのだ。

切符を買って私鉄の改札口に急ぎながら、慎は上着のポケットに手を入れる。渡されたばかりの合い鍵を、確かめるように握りしめた。

11

「あれ。末廣、携帯買ったんだ？　それ、プリペイドだよな」

講義の合間に届いたメールを確かめていると、いきなりそんな声がした。

以前に子猫の貰い手を探してほしいと頼んだことのある、慎にとっては数少ない知人のひとり──糸川《いとかわ》だった。トレードマークのリュックサックを隣の机の上にどっかりと置いて、興味深そうにこちらを眺めている。

「そう。……よんどころのない理由、があって」

つかえながら答えた慎を見下ろして、糸川は「ふうん」と鼻を鳴らす。隣の席に腰を下ろすと、頬杖をついて、今度は横から慎を見た。

「で、それメールとかもできんの？」

「……長文は無理だけど、できるよ」

「だったらアドレス教えてくれよ。ナンバーも」

目を瞠った慎の様子をどう思ったのか、糸川は少し気を悪くしたふうに言う。

「何。俺には教えたくないのかよ」

「そ、うじゃないけど……どうして」

「どうしてって、いろいろ便利だろ。ゼミが一緒だし共同レポートもあるしノートも借りてる。携帯があれば、スキマの空き時間でも捕まえられるからさ」

「捕まえる……？」

意味がわからず見返した慎をまじまじと眺めて、糸川は肩を竦めた。

「おまえ、バイトだ何だって忙しくしてるし、昼もひとりでどっか行っちまうしで、講義以外だとどこにいるか全然わかんねーじゃん。おかげでろくすっぽ礼もできないだろ」

「別に……礼とかしてもらうような覚えはないし」

「あるだろ。資料とか、おまえいつもいいやつ見つけて教えてくれるし。今さらって言われたらどうしようもないけどさ」

糸川が笑ったのとほぼ同時に講師が入ってきて、講義の開始を告げる。

プリペイド携帯を鞄のポケットに押し込んで、慎は急いでテキストを開く。ちらりと横目に窺うと、糸川もすでに教壇に目を向けていた。

学内で最も言葉を交わす頻度が高いとはいえ、慎と糸川の関係はあくまで「知人」だ。頼まれてノートを貸したり訊かれたことに答えたりといったことはあるが、プライベートでのつきあいはまるでない。雑談したのも、おそらく先ほどのが初めてだ。

何が起きたんだと思いはしたが、今は講義が優先だ。前を向いて、慎は講師に集中する。バイトに追われて勉強時間が制限されるため、講義内容はその場でできるだけ頭に入れてしまうのが慎のやり方なのだ。

定刻ぴったりに講義が終わり、「ではまた次回」との講師の言葉とともに周囲の学生たちが次々と席を立つ。賑やかな話し声が潮が引くように遠ざかっていく中で、慎はまだ耳に残る講師の註釈《ちゅうしゃく》をノートに書き添えていった。

ペンを置く頃には教室はがらんとしていたが、これはいつものことだ。急ぐこともないと教材を片づけていると、隣から伸びてきた手に机の上を叩かれた。

え、と目をやって、慎は驚く。

とうに出ていったと思ったのに、まだ隣に糸川がいたのだ。目を丸くした慎をまっすぐに見据えて言う。

「おまえ、今日の昼は予定ある？　なかったら、一緒に昼メシ食わねえ？　訊きたいこともあったしさ」

「……おれと？」

思わず問い返した慎を面白そうに眺めて、糸川は言う。

「今までの礼の一部ってことで、今日は俺の奢り。学食の日替わりでいいよな？」

ぽかんとしているうちに押し切られてしまい、結局慎は糸川と肩を並べて教室を出た。

この時刻の学生食堂は、うんざりするほど込み合っている。定食を手に歩き回ってみても、空席はなかなか見つからない。

その時、糸川を呼ぶ声がした。見れば、少し離れた場所から顔見知りの学生が手招いている。だったら別行動かとすんなり思って「またあとで」と声をかけると、呆れ顔の糸川に肘を摑まれた。

「何でだよ。一緒に来ればいいだろ」

強引に連れて行かれた一角には、慎も顔を知る学生たちが溜まっていた。気後れしたまま引っ張られて、ふたつ並びで空いていた席の片方に座ることになる。

「あ、この前の話な。ひとりだけど、希望者がいたぞ」

食べ始めてすぐに言われて慎は箸を止める。きょとんと見返すと、糸川は呆れ顔になった。

「猫の貰い手。探してたんじゃなかったのかよ」

「……ああ。もう見つかったよ」

「そりゃよかった。けどおまえ、大丈夫かよ。去勢手術だのワクチンだのって、結構金がかかるんじゃねえの？」

「貰ってくれた人が、出世払いでいいって言ってくれたんだ。だから」

口にした内容は、事実とはかなり違っている。加藤は「それは飼い主の自分が負担するものであって、慎に出してもらう理由がない」と言ったのだ。出世払い云々は、慎が勝手に決めているだけのことだった。

「だったら、多少アパート空けても大丈夫だよな。なあ、近いうち飲みに行かねえ？」

「……え」

予想外の誘いに固まっていると、糸川は苦笑混じりに言う。

「バイトで忙しいんだろうから、都合がつく時でいいぞ。奢るから、一度だけでもどうよ？」

「え、飲み？　いつ行く？　同行希望していいかー？」

「いいけど奢りは末廣だけだぞ」

「いいよ別に。っていうか、糸川には訊いてないし。なあ末廣、オレも一緒について行っていい？」

糸川と言い合って慎を見た彼は、名前を永岡《ながおか》という。糸川と親しくしているのは知っているが、慎とは講義の関係でたまに言葉を交わす程度のつきあいだ。呆気に取られて、慎は何度も瞬いた。

「……今は、ちょっと忙しいから。当分先になると思うけど」

やっとのことで答えた慎をしばらく眺めてから、糸川はにっと笑った。

「そっか。じゃあ空き時間ができたら教えてくれ。奢り分はカウントしとく」

「なあ、日程決まったらこっちにも声かけろよ。俺も行きたい」

「あ、こっちもー」

わらわらと増える同行希望の声に、慎は言葉を失った。うろうろと周囲を見回す慎を面白そうに眺めて、糸川は言う。

「じゃあ、そういうことで。都合は末廣に合わせるし、手配はこっちがやるんで、時間ができたら早めに連絡よろしく」


アルバイトを終えて帰宅したマンションは、無人だった。

リビングのドアを開くなり飛びついてきた子猫をじゃらしながらトイレの砂を入れ替え、散らかった猫用のオモチャをひとまとめに片づける。手洗いと着替えをすませてから冷蔵庫を覗くと、そこにはオムライスが載った皿が、ラップをかけて置いてある。同じくラップがかかったマグカップの中身は野菜スープだ。

子猫の食事は朝食の時と、午後に加藤が帰宅した時の二回に決めている。しきりにローテーブルに上がろうとするのを阻止しながら、慎は温めた食事を口に運んだ。出来合いとは違う柔らかい味にほっとしながら、夕方に届いていた加藤からのメールを思い出して申し訳ないような気持ちになった。

慎が加藤のマンションで暮らすようになって、今日でちょうど一週間になる。

契約済みだったトランクルームは、あの翌日に解約した。次の部屋探しに関しては不動産屋に条件を伝えて、部屋が見つかり次第そちらに移ることになっている。

(当分、勤務が変則的になりそうなんだ)

あの言葉通り、この一週間の加藤のスケジュールはずいぶん妙だ。ここに帰ってくるのは朝食の頃に小一時間と、午後から夕方にかけての数時間という、本当に大丈夫なのかと思うような動き方をしている。

今朝も、加藤は慎が朝食の支度を終えた頃に会社から帰ってきたのだ。一緒に朝食を摂ったあとは大学に行く慎と一緒にマンションを出て、会社に戻っていった。

午後の数時間に帰ってくるのは、仮眠のためだと聞いている。会社に残って床や椅子の上で寝るより、行き帰りの分短時間になってもゆったり眠りたいという話で、なのに彼は必ずこうして慎の「夕飯」を用意していてくれる。

気にかけて、もらっているのだ。わかるだけに、申し訳なさが募った。

(おれのことは、気にしないでください。食事なんか、自分でどうにでもできます。そんな

ことより、できるだけ休まないと加藤さんの身体が保たないです）

先日、慎は思い切って加藤に言ってみた。そうしたら、加藤は苦笑混じりに言ったのだ。

（自分が食べたくて作ってるだけなんだよ。ひとり分もふたり分も大差ないから、きみの分はついでみたいなものでね。もしかして、口に合わなかった？）

（それはないです。美味しいです！）

心配そうに問われて、慌てて首を振った。嬉しそうに笑う加藤と目が合って、どうにも落ち着かない気持ちになった。

実際のところ、加藤の料理は慎よりずっと手慣れていて味がいい。そこまでしてもらえるのも、ありがたいと思う。けれど、ものには限度というものがあるはずだ。

——同居二日目の朝、世話になるのだったら家賃や光熱費を入れると言い張った慎を、加藤は苦笑混じりに制止した。

（そういうのはなしにしようよ。お互いの利害が一致してるんだし、きみには猫の世話も頼んでるんだし。あと、うちの中も掃除してくれてるよね？）

でも、とさらに言いかけた慎を困った顔で見下ろして、加藤は思いついたように言った。

（そんなに気になるんだったら、ふたつほど我が儘を言ってもいいかな。今の勤務状況だと時間的に洗濯が難しいから、当面きみに頼んでいい？　きみが厭でなければ、きみの分と一緒に回してくれていいから。あと、こっちが本題なんだけど……できたら朝ごはんを作って

くれないかなあ）

予想外の言葉に「朝ごはんですか」と問い返すと、加藤は「うん」と頷いた。

（自炊はそこそこできるんだけど、誰かが作ってくれたごはんが食べたいんだよねえ。洋食でも和食でも折衷でもメニューはきみに任せるし、食材とかの買い物も僕が引き受けるよ。夕食は、息抜きも兼ねて僕がやるから）

切々と訴えられて「それだったら」と了承したものの、どう考えても慎の方が借り分が大きいのだ。

食事と風呂を終えてから、慎はリビングで課題の続きに取りかかる。予定のノルマを進めているうち、子猫がソファによじ登ってきた。膝の上で丸くなった毛玉を眺めながら、慎は里穂子への報告メールがまだだったと思い出す。

ここ一週間、加藤とは朝しか顔を合わせないため、報告メールは定型文と化している。その状態で、奇妙なことに里穂子からは何の音沙汰《おとさた》もない。

気にはなったけれど、何かあれば向こうから言ってくるはずと思い直した。青い携帯電話を鞄に入れたついでに他の携帯電話の着信を確かめてみると、プリペイド携帯にメール着信のアイコンが出ていた。

「……あれ」

開いたメールの差出人欄には知らないメールアドレスが並んでいて、これがいわゆるスパムメールかと思った。念のため本文を見ると、そこには見覚えのある名前とともに十一桁のナンバーとアドレスが記されている。

ああ、とやっと気がついた。

昼食後、食堂で糸川と連絡先を交換していた時に、同席していた知人たちからもアドレスを教えるよう言われたのだ。糸川だけ特別扱いは不公平だとわけのわからない理屈を捏《こ》ねられて、どうせプリペイドは長く持たないからいいかと割り切った。

その知人たちが、自分たちの連絡先を知らせてきたらしい。見覚えた名前が記されたメールを次々と開いて確かめたものの、登録する気はさらさらなかった。

昼間のあれが何だったにしろ、今後実際に彼らとのメールや電話のやりとりが続くとは思えない。さらに本音を言うなら、彼らとそうしたつきあいをするつもりもない。

嫌われてはいないが好かれてもおらず、何となく遠巻きにされている。それが、慎の学内でのスタンスなのだ。

――なのに、どうして。

今日のアルバイトは「華色」で、六時から閉店の九時までだった。必要最低限しか喋らず誰とも距離を詰めようとしない慎は、あそこのスタッフの間でも浮いた存在だったはずだ。

慎に雑談を仕掛けてくるのは「よく似た弟がいるから平気」と豪語する佐原くらいで、アルバイトの女の子たちとは一言も話さず終わることも珍しくなかった。

にもかかわらず、ここ数日は社員スタッフだけでなく、女の子たちからもちらほらと声がかかるようになってきたのだ。

変則勤務になって以降、加藤は一度も「華色」を訪れていない。理由を訊きたいのかと穿《うが》ったことを考えてみたけれど——実際何度か訊かれはしたけれど、今日にはそれが一度もなく、なのにしっかりと世間話は振られてしまった。さらにはバイト終了後に通用口で一緒になった佐原からは、妙に嬉しそうな顔で言われてしまった。

（末廣くん、最近何かあったでしょ。いい感じになってきたもの）

大学か「華色」か、片方だけのことなら、勘違いで割り切れる。けれど、その両方で同時期にとなると、あり得ないと知っていても双方がぐるになって慎に何か仕掛けてきているような気がして仕方がなかった。

頭を振って、慎は勉強に戻る。自分で決めたノルマを終えて和室の布団に入る頃には、時刻は午前二時を回ってしまっていた。

翌朝、慎は午前六時ちょうどに起き出した。寝不足の目をこすりながら静かにモップをかけて床の埃を払ってから、おもむろに加藤の私室以外の窓を全開にして空気を入れ替える。そのあとで、朝食の準備にかかった。

いつもと同じ時刻に、メール着信音が鳴った。音だけでプリペイド携帯だと悟って、慎はすぐに内容を確認する。「今、駅です」との一文を確かめてから、朝食の仕上げにかかった。

味噌汁が仕上がった頃合いに、玄関先のインターホンが鳴った。急いで出ていってドアを開くと、少しばかり目許に疲れを滲《にじ》ませた加藤がいつもの笑顔で入ってくる。

「ただいまー。お疲れさま、何か変わったこととか困ったことはなかった？」

「お帰りなさい。特に変わりはないです。あの、朝食、すぐ出しますね」

「ありがとう。いやあ、おなか空いたよー。明け方にあった差し入れ、断っちゃったしね」

靴を脱ぎながらの加藤の言葉に、慎はきょとんとした。数秒後、気がついて言う。

「す、みません！　ええと、そういう時は無理に帰って来なくても」

「うーん。でも、同じ食べるんだったら僕は末廣くんのごはんの方がよかったんだよね。一日振りに顔も見たかったし」

「…………」

妙に真面目な顔で言われて、どんな顔をすればいいかわからなくなった。固まったように廊下で棒立ちになっていると、ひょいと顔を覗き込まれる。喉の奥で笑う声のあとで、くるりと頭を撫でられた。

「さて、ちびさんは元気かなあ」

リビングに向かう背中を見送って、からかわれたのだと気がついた。少しばかりむっとしながらキッチンに戻って食事をよそっていると、加藤が甘えた声を上げる子猫を抱き上げて、互いの鼻先をくっつけるようにしているのが目に入った。

「加藤さん、ちびを構うのはいいですけど、食べる前に手は洗わないと駄目ですよ。あと、せめて上着は脱がないと毛がつきます」

仕上がった朝食をトレイに載せながら、慎はカウンター越しに声をかける。「はーい」と返った返事は何やら子どものようで、加藤の方がずっと年上なのにと思うだけで何となく頰が緩んだ。

加藤の勤務の関係上、ふたりが顔を合わせるのは、一日のうちでもこの時間だけだ。向かいに座って箸を使う加藤の、毎度ながらの健啖《けんたん》ぶりを感心して眺めながら、慎はそろそろと口を開く。

「あの。おれが朝作ってるのは、気にしないでくださいね。残ったら、おれが昼の弁当代わりに持っていけばすむことなんで」

「それは厭だなあ。末廣くんに会うのも、末廣くんのごはんを食べるのも、僕にとっては癒しなのに」

「……は？」

とても面妖な言葉を聞いた気がして、慎はまたも返答に詰まる。

ここに居候させてもらうようになってから、加藤はたびたびこれに類したことを口にするのだ。大抵の場合、慎は返事に詰まって黙りこくってしまうのに、そういう時の加藤はいつでも何やら楽しそうにしている。

困るのは確かだが不快とまでは思わないし、揶揄《やゆ》されているわけでも嫌みを言われているわけでもないのは加藤の表情や受け答えでわかる。だから、最近の慎は反応できない時は受け流すようにしていた。

「ところで、そろそろちびさんの名前は決まりそう？　でないと本人があれで覚えそうだよ」

加藤がそう言ったのは食事を終えたあと、出勤と通学のために揃《そろ》って部屋を出てからだ。乗り込んだエレベーターの中で、慎は少し思案する。

今、子猫に対して使っている「ちび」は、前のアパートにいた頃に使っていた呼び名だ。ここに来て二日目に口にしたのを加藤に聞かれて以来、そのままで来てしまっている。

「決まったっていうか……あの。まりも、っていうのは変ですよ、ね？」

マンションのエントランスを出ながらおそるおそる訊いてみると、加藤は不思議そうな顔になった。

「いきなり北海道かあ。可愛いとは思うけど、何でまりも？」

「前に、飼ってた猫の名前なんです。目の色とか毛の色がそっくりなんで、別の名前が思いつけなくて」

「二代目まりも？　ちなみに、初代はどういう由来でつけたの？」

何げない問いに、最初は言うつもりのなかった言葉が口をついて出た。

「兄貴が、小学校の修学旅行で北海道に行って、おれへのお土産に買ってきてくれたのがマリモだったんです。すごい嬉しくて気に入ってて、ちょうどその頃うちにきた猫にもおんなじ名前をつけてたんですけど、両親と兄貴が消えた時に、一緒にいなくなっちゃって……探しても見つからなかったから、今でも心残りっていうか」

言ったあとで、後半は余計だったと気がついた。ぐっと口を閉じた慎の隣を歩きながら、加藤がやんわりと言う。

「初代は、ご両親に連れて行かれたのかな？」

「……たぶん、違うと思います。おれに一番懐いてて、昼逃げする前くらいには両親や兄貴には全然、寄っていかなくなってたんで」

初代「まりも」は、慎の実家にやってきた時点ですでに大人の猫だった。いなくなった時には十五歳を越えていて、一日の大半を慎の部屋の窓辺で寝て過ごすようになっていた。

のんびりおっとりした臆病な猫で、滅多に外に出ることもなくなっていたのだ。いきなりのことに驚いて逃げたのだろうけれど、いずれにしても今はもう生きてはいないに違いない。

頭ではそうわかっていて、なのに気持ちのどこかが納得できずにいる。初代の「まりも」は、慎にとってそういう猫だった。

「僕んちも昔、猫を飼ってたんだけど。あいつら結構利口だよね」

声に顔を上げると、柔らかい表情で見下ろしていた加藤ともろに目が合った。そっと慎の背を叩くようにしながら言う。

「自分を可愛がってくれる人をちゃんと見分けてるし、逃げ足も早い。――だから、初代『まりも』はちゃんとした人に見つけてもらったんじゃないかな」

思いがけない返答に、見上げた先から視線を外せなくなった。

眼鏡の奥で笑って、加藤はぽんと慎の頭に手を置く。

「じゃあ、今日からあの子の名前はまりもだね。去勢手術の相談もしないとだし、検診も兼ねて早めに獣医さんに連れて行くことにしようか。――ああそうだ。末廣くん、どこかで半日空けることはできるかな。今週末か、来週でもいいんだけど」

「今週の日曜だったら、コンビニのバイトが昼で終わりなんです。獣医さんだったらおれが連れて行きますよ。日曜に開いてるところがあればですけど」

「心当たりがあるから、獣医には僕が連れていくよ。午前中には終わると思うから、午後は僕につきあってくれないかな。実は、仕事先から映画の招待券が回ってきたんだ」

「アクションものらしいんだけど」と見せられたチケットは二枚あって、長めのタイトルが色鮮やかに記されている。

目の前のチケットと加藤の言葉が頭の中でつながるまでに、少しばかり時間がかかった。

「……でも、加藤さん、まだ仕事が忙しいんじゃあ……？　第一、猫はおれの担当だって、前に」

「その獣医って駅からちょっと遠い場所にあるから、車の方が都合がいいんだよ。仕事の方はじきに目処《めど》がつくはずだし、つかなかったとしてもここまでつきあったんだから、僕は絶対に日曜は逃げます。ってことで、どうかなあ？」

指先で眼鏡の位置を直しながら、加藤は慎を見下ろしてくる。

向けられる視線は穏やかなのに、胸の奥がざわめいた。視線を外すことができずに、慎はやっとのことで言う。

「……おれでいいんですか？　他の人を誘った方がいいんじゃあ」

「うーん。僕は、できればきみとデートしたいです」

男同士で「デート」はないだろうと思いながら、勝手に頬が熱くなった。答えを待つように首を傾げられて、慎はつられるように頷いてしまう。そのままでは足りない気がして、二度三度と縦に首を振った。

「バイト先のコンビニって、前のあそこだよね？　定番のデートコースになるけど、駅前で待ち合わせて少し遅めの昼を食べてから映画館でどうかなあ」

「いいです、それで」

返す言葉が、自分の耳にもぶっきらぼうに聞こえた。上目に様子を窺うと、嬉しそうに笑っている加藤ともろに目が合う。

「じゃあ約束。今週の日曜日にね。楽しみにしてるから、お互いその日に他の予定を入れるべからずってことで。――今日のバイトは『華色』かな、コンビニかな？」

「『華色』です。……あ、そういえばこのところ、カフェでよく加藤さんのことを訊かれますよ。姿を見ないけどどうかしたのかって」

「あー、今はのんびり一服って状況じゃないからなあ……落ち着いたらまた行くから、適当にごまかしておいてくれる？　あとバイトもだけど、学校でも無理しないように頑張って。行ってらっしゃい」

ひらひらと手を振ったかと思うと、加藤はちょうど着いた地下鉄の入り口に向かってしまった。

「あ、あの！　加藤さんも、行ってらっしゃい」

考えるより先に、遠ざかる背中に声をかけていた。通勤の人波の中、階段の途中にいた加藤が気がついたように軽く振り返る。笑顔で手を振ってくれた。

我に返ったのは、加藤の姿が見えなくなったあとだ。子どもじみた真似をしたと悟って、頬に血が上るのがわかる。逃げるように、慎は自分が乗る路線の入り口へと急いだ。

（無理しないように頑張って。行ってらっしゃい）

乗り込んだ電車の中から窓の外を眺めながら、慎は先ほどの加藤の言葉を思い出す。

食事の前の「いただきます」だとか、「ただいま」「お帰り」の挨拶だとか。そういった言葉と縁遠くなっていた自分に気がついたのは、加藤のマンションで暮らすようになってからだ。両親と兄が消えてしまった「あの日」よりもずっと前に、いつの間にか慎の「家」ではそうした挨拶すらしなくなっていた。家を出てひとりで暮らすようになってからはなおさらで、だから最初に加藤から「ただいま」と言われた時にもすぐには反応できなかった。

加藤にとっては「当たり前」でも、慎にとってはそうではない。それをきちんと覚えていて、自分でラインを引いておかなければならないと慎は思う。

新しい部屋が見つかり次第、慎はあの部屋を出ていくことになるのだ。今はあくまで暫定的に、加藤の厚意で置いてもらっているという立場だった。

乗り込んだ電車の窓の外、流れていく景色を見つめながら、慎は自分を戒める。戒めなければならなくなっている理由を、自覚できないままで。

12

日曜日が、こんなに待ち遠しかったのは何年振りだろう。

「末廣《すえひろ》さー。何かいいことでもあったのか?」

朝というには遅く昼というには早い頃合いの、客足が途切れた時に、店長からそんな声をかけられた。

レジ前の棚に商品を並べていた慎《まこと》は、いきなりの言葉にぽかんとする。その様子を、店長はカウンターに凭《もた》れてやけにしみじみと眺めた。

「おまえ、今朝から非常に珍しく、わかりやすく浮かれてるだろ？」

「……あ。すみません、何かミスとかありましたか」

「馬鹿。誰もそんなこと言ってねえだろ」

呆《あき》れ顔で言う店長はこのコンビニエンスストアの二代目で、年齢は加藤《かとう》と同じくらいだ。バイトの間では口が悪く容赦がないと評判で、慎も印象が薄暗いだの声が小さいだの陰気だのと、かなりのことを言われた。

けれど、仕事は丁寧に教えてくれる人だったのだ。さらに言うなら、陰口の類《たぐい》はいっさい言わない人でもあった。

「ま、いい傾向だけどな。おまえ、仕事は真面目なのにどうも覇気が足りなかったからなあ……そのまんますくすく育ってくれりゃ、言うことないか」

笑いながら言われて、返答が思いつけなかった。「育つ」という言い方が気になって、慎は店長に向き直る。

「あの。……おれ、前と比べてどっか変ですか」

ん、と首を傾《かし》げた店長に、慎はここ数日、ずっと引っかかっていたことを告げてみた。

「最近、周りの様子が前と違うんです。大学では今まで挨拶《あいさつ》だけだった人から昼食や飲みに誘われたりするし。別のバイト先でも話しかけられる回数が増えたり、遊びに誘われたりで」

説明の最中で呆れ顔になっていた店長は、最後まで聞いた時には面白がるような表情に変わっていた。

「そりゃおまえ、変なんじゃなくて変わったんだよ」

「……おれは、変わったつもりはないんですけど」

「だな。喋《しゃべ》りとか反応は前とさほど変わらない。そんでおまえ、こないだまでろくに人と話す気がなかったろ。必要最低限でよろしい、みたいな感じでさ」

「……はあ」

見抜かれていたのだと知って、つい視線が俯《うつむ》いた。口を噤《つぐ》んで仕事に戻ると、横から笑いを含んだ声がする。

「最近、ちゃんと人と話そうとしてるよな。そんでだろうけど、棘《とげ》が抜けたっていうか、重い感じがあんまりしなくなってんだよ。うちの客なんかは気づかないだろうけど、そこそこつきあいがある奴ならわかるんじゃねえの」

「でも、おれは別に、そんなつもり……」

「もっと、わかりやすい言い方してやろうか？　おまえ、ちょっと前だったら絶対に、俺にそういうこと訊《き》いてこなかっただろ」

「…………」

からかうように言われて、慎は瞬く。確かにそうだと思った時、店長はにやりと笑って続けた。

「で、具体的に何があったよ。やっぱりアレか。彼女でもできたか？」

「……そんなので変わったりするものなんですか？」

「定番だろ。距離が近い相手ができると、目に見えないところが変わってきたりする。——お？　その顔だと心当たりがあるな？」

言われた時、どうしてか脳裏に加藤の顔が浮かんだ。そんな自分に狼狽《うろた》えて、慎はぶっきらぼうに言う。

「……ないですよ。女の子とか、全然相手にされてないし」

「ふーん？　じゃあ、そういうことにしといてやるよ」

笑い混じりに言った店長は、慎の反応を照れ隠しだと思ったらしい。バイトを上がる時に、「今日は特別な」との言葉とともに人気商品のスイーツをふたり分も持たせてくれた。

バックヤードに入ってお仕着せを着替えたあとで、慎は壁際にある鏡を覗《のぞ》き込む。そこに映った自分の顔が緩んでいる気がして、手のひらで叩《たた》いて引き締めた。店長に挨拶して店を出ると、駅前に向かいながらプリペイド携帯を取り出す。アイコンに気づいて新着メールを開き、中途半端に足を止めた。

加藤からのメールだった。送信時刻は十時前で、タイトルは「ごめん」となっている。

――獣医は無事すませたんだけど、急な連絡があって職場に顔を出さなきゃならなくなった。早めに片づけるよう頑張ってみるから、少し待っててくれる？

かくんと肩が落ちたのが、自分でもよくわかった。

しばらく画面を見つめてから、慎は了解の返信を送る。降って湧《わ》いた時間をどうしようか考えて、図書館でレポートの資料を探すことに決めた。

蔵書が豊富な中央図書館はここから電車で三駅先だ。映画館からもほど近いから、合流もしやすいだろう。

空腹は感じたけれど、約束があるからと我慢を決め込んだ。連絡があったらすぐ出られるようにプリペイド携帯だけ上着のポケットに押し込んで、慎は電車で三駅先に移動する。改札口を出て駅構内を突っ切りながら、隣接した百貨店のロゴマークに気づく。

そういえば、来月には高垣《たかがき》の誕生日が来るのだ。思い出して、そのまま百貨店に向かった。

去年の高垣の誕生日に、慎はネクタイを選んで送った。

学費の援助と比べれば微々たるものでしかなくても、せめて気持ちだけは返したかったのだ。予算の関係であまりいいものは買えないし、趣味に合わない可能性も覚悟していたけれど、高垣はそのネクタイをたびたび使ってくれている。

二年続けてネクタイは避けたいが、だったら何がいいだろう。エスカレーターに乗って考えているうちに男性洋品専用フロアを行き過ぎて、最上階のレストラン街まで上がってしまった。込み合った中、そこかしこから漂ってくる美味《おい》しそうな匂《にお》いにくらくらしながら下りエスカレーターへ向かう途中で、高価そうなレストランから出てくる人影が目に入った。

「……え、――？」

頭を、思い切り殴られたような気がした。

加藤だった。スーツにネクタイ姿で見慣れた笑みを浮かべ、連れらしい相手を気遣うように手を伸ばしている。

そして、その隣に里穂子《りほこ》がいた。上品なパールピンクのワンピースと同色の上着がいつもの艶《あで》やかさを清楚《せいそ》に彩って、首を傾げるようにして加藤を見上げている。ふいに視線を流したかと思うと、狙っていたように慎の方を見た。

目を見開いた里穂子が、唐突に視線を逸《そ》らす。背を向けると、加藤について歩き出した。

ふたりが向かったのは、奥にあるエレベーターの方角だった。やや先を行く加藤が、振り返り気味に里穂子を気にかけているのがわかる。

気がついた時には、追いかけていた。彼らの背後に回った形で壁際に寄って身を隠して、慎はふたりが揃《そろ》ってエレベーターに乗り込むまでを見届ける。扉が閉じ、階数を示すランプが一階から地下まで降りていってなお、壁際に突っ立っていた。

どのくらい、そこでぼうっとしていただろうか。突然鳴り響いた電子音で我に返って、慎は上着のポケットからプリペイド携帯を取り出した。機械的に開いた新着メールの差出人の、

「加藤さん」という文字の並びを見ただけでずきりと胸が痛くなる。

「…………」

メールを開くだけのことに、どうしてか覚悟が必要だった。ボタンに当てた親指をそのまま、慎は何度か呼吸を繰り返す。ぐっと息を呑んで、指先に力を込めた。

メールの文面は、ごく短かった。

──連絡が遅れてごめん。仕事が長引いて、今日は抜けられそうにない。申し訳ないけど、映画と食事は次の機会にさせてください。

「しご、と……？」

その声は、自分の耳にも呆然《ぼうぜん》として聞こえた。

ふらふらと歩いて、慎は下りエスカレーターに乗った。

頭の中が空っぽでも、身体《からだ》は勝手に動くものらしい。いつの間にか目の前には図書館内のロッカーがあって、慎自身の手が今しも鞄《かばん》をそこに押し込むところだった。

レポート用紙と筆記用具を手に、閲覧室に向かう。日曜日だけあって館内には人影が多かったけれど、何とか席を確保することができた。

白紙のままのレポート用紙をぼうっと眺めていると、耳覚えのある電子音が鳴った。一拍置いて自分だと気がついて、慎はポケットの中のプリペイド携帯を取り出す。届いたメールは大学の知人からの課題に関する短い質問で、すぐに返信を送った。気がついた時には先ほど届いた加藤からのメールを眺めていて、息苦しさに慎は電源を落とす。

結局、慎は閉館時間になる九時まで図書館にいた。もっとも調べ物はろくに進まず、レポート用紙の半分をやっと埋めただけだ。アナウンスを聞いて閲覧室を出て、ロッカーから鞄を引っ張り出した。

乗り込んだ電車内で確かめた青とシルバーの携帯電話は、どちらも着信がなかった。

里穂子にメールしようかと思ったけれど、何を書けばいいのか思いつけなかった。メール作成画面を開いた青い携帯電話を握りしめて、慎はいつかの疑問を思い出す。

里穂子は、何のために、慎に「加藤と親しくなる」アルバイトを持ちかけてきたのか。

昼間に見た加藤と里穂子は、年齢差はあっても「年の離れた恋人」と言われれば納得できる組み合わせだった。何より、加藤が自ら彼女をエスコートしていたのは間違いない。

慎との約束を反故《ほご》にして、あのあとふたりでどこに出かけたのだろう。……考えるだけで、胸がつかえたように息苦しくなった。

時刻はそろそろ午後九時半を過ぎる。加藤のことだから、きっと何か連絡をよこしているはずだ。思いながら、ポケットの中のプリペイド携帯を手に取る気になれなかった。

到着した最寄り駅から外に出ると、周囲はすっかり夜だった。人影の少ない通りを歩いて帰り着いたマンション敷地内の駐車場の所定場所に、加藤の車は見あたらない。

ほっとしたような落胆したような気持ちで、エントランスを抜けてエレベーターに乗った。

リビングに入るなり鳴きながら寄ってきた子猫を撫《な》でたあとで、まだ夕方の餌をやっていないと気づいて支度をする。皿に鼻先を突っ込む子猫の横でトイレの交換をすませてからも、しゃがみ込んだまま動けなかった。

……加藤は、夕飯はどうするのだろう。帰ってきてから食べるのか、それとも里穂子と一緒にすませたのだろうか。

脳裏をよぎった考えに、気持ちの底が苦くなる。慣れないその感覚を、けれど確かに知っていると思った。いったいどこでと意識を凝らして、ふいに思い出す。

初めてここに泊まった日、だ。バイト先のカフェで加藤が女性と談笑しているのを見た時にも、今と同じような気持ちになった。

輪郭すらぼやけていた視界の焦点が、ふいに鮮明になる。ばらけていたジグゾーパズルがあるべき場所に嵌《は》まり込んで、そこに描かれているものを露《あら》わにしたように、慎はいきなり気づいてしまった。

……厭《いや》だと、そう思ったのだ。加藤の近くに特定の「誰か」がいることに、あの時も今日も慎は嫌悪を感じた。

今、胸の中にある感情は、あの時よりずっと鮮明だ。どうして約束を破ったのかと、ずっと楽しみにしていたのにと、加藤を責める気持ちにすらなってしまっている。

加藤の厚意に甘えているだけの、居候のくせに。そんなふうに思う権利も理由も、持たないくせに。

ずっと一緒にいられる人ではないと、わかっているはずなのに——。

13

揃えた膝《ひざ》に顎《あご》を埋《うず》めて蹲《うずくま》っていると、急にインターホンが鳴った。

ぎくんと、肩が大きく跳ねた。首だけを巡らせて、慎はリビングのドアを振り返る。

ドアの横にある画面は、集合玄関扉前のカメラと連動している。画面が暗いままなのは、つまりここの玄関先に人がいるということだ。

もう一度、インターホンが鳴ったのをきっかけに慎はようやく腰を上げた。廊下に出ると、当時にふたつあるうちの片方の鍵が外れる音を聞いて玄関先に駆け寄る。バーロックを外したとたんに、玄関ドアが大きく開かれた。

「あれ。帰ってたんだ？」

慎の顔を見るなり、加藤は少し意外そうな顔になった。まともに顔を見ることができずに、慎はつい俯いてしまう。

「すみません、ぼうっとしてて出るのが遅くなりました」

「いいんだけど、どうしたの。携帯、電池切れ？　メールしても返信ないし、電話したら電源落ちてるってアナウンスがあったんだけど」

「え、……あ！　すみません、図書館で知り合いから電話が入って司書の人に注意されて、電源落としたきりになってたかも」

咄嗟《とっさ》に出た言い訳は、慎にしては上等な部類だろう。不自然ではないはずと頭の中で反芻《はんすう》していると、加藤は「そう」と苦笑した。慎の頭をぽんと撫でたかと思うと、玄関ドアを施錠しバーロックまでかけてしまう。

「無事に帰ってたならいいんだ。今日は本当にごめん。こっちから誘ったのに、申し訳ないことをした。――ところで夕飯はどうしたの。もう食べた？」

「あ、えーと……加藤さん、は……？」

「たまにはつきあえって、居酒屋に引っ張って行かれた。メールしておいたんだけど、見てないってことはまだ食べてないんだ？　じゃあ何か作ろうか。そうだなあ、うどんとかおじやならすぐできるから――」

「いえあの、大丈夫です！　図書館帰りにおなか空《す》いて、ついいろいろ食べて帰ったから」

心配げに覗き込まれて、慎は慌てて首を振る。

実際には昼も夜も食べていないけれど、食欲など欠片《かけら》もないのだ。ついでに、たぶん今は加藤の作ったものは食べられない気がした。

「加藤さんこそ、身体大丈夫ですか？　仕事、忙しいんですね。結局、今日もお休みが潰《つぶ》れたことになるし」

口にしたあとで、誘導尋問になってしまったことに気がついた。固唾《かたず》を呑んで返事を待つ慎の前で、加藤は靴を脱いで廊下に上がる。

「用がある時に限って呼び出しがかかるんだよねえ。それにしても、今回は酷《ひど》かった。どっかで必ず埋め合わせはするから、また時間を取ってもらっていい？」

「……気に、しないでください。仕事だったら仕方ないし」

返事をする自分の声が、からからに乾いて聞こえた。

「お茶でも淹《い》れます。お風呂が入るまで、少し休憩してください」

「ありがとう。……ああそうだ、まりものことだけど、今日はワクチン注射だけしてもらったよ。健康状態は良好で、特に問題ないってさ。去勢手術はまだ早いから、もうしばらくは今のままでいいそうだ」

「そ、うなんですか。ありがとうございました。あの、診察代とかは」

そう言うと、加藤は苦笑した。

「うちの子だから、うちが出すよ。きみは気にしなくていい。――お茶の前に着替えてきてもいいかな？　楽になって一服したいし」

鷹揚《おうよう》に言った加藤が寝室に入るのを見届けてから、慎はキッチンに引き返した。風呂のボタンを押し、湯沸かし器のスイッチを入れて急須と茶葉の支度をしながら、そうしている自分の手を他人のもののように眺めている。

仕事で、女の子と会うはずがない。少なくともシステムエンジニアの仕事に、女子大生と百貨店のレストランに行くことが含まれるとは思えない。

だったら、居酒屋云々《うんぬん》も嘘《うそ》なのか。それとも、里穂子と別れてから本当に仕事関係の相手と会ったのか。

百貨店で見ていたとは言えないし、里穂子とどういう関係なのかはなおさら訊けない。

——加藤が嘘をついたとしても、「居候」の慎に咎《とが》める権利はない。

わかりきったことのはずだったのに、目の前でドアを閉じられたような疎外感を覚えた。

そのまま、慎はシンク前でぼうっとしていたらしい。横合いから名を呼ばれて初めて、加藤が着替えを終えてキッチンを覗き込んでいるのを知った。

「……あ。すみません、すぐ——」

「いや、お茶はあとでもいいんだけど……携帯、鳴ってるみたいだよ？」

きょとんとしたあとで、やっとのことで気がついた。

プリペイド携帯でなく里穂子のでもなく、高垣の携帯電話の着信音が鳴っているのだ。

音を切っていたはずなのにとちらりと思ったものの、すぐさま慎はリビングに向かった。

ソファの横に置いていた鞄のポケットから、シルバーの携帯電話を取り出す。すぐさま開いて耳に当てた。

「はい。慎です」

『私だ。明日の月曜日なんだが、講義の予定はどうなっている？』

「あ、……いつも通りなので、昼休みにお願いします」

週に一度の、高垣への面会日なのだ。そういえば、先週会った時に次の予定をはっきりさせていなかった。

必ず来るようにと念を押して、高垣から通話を切る。待ち受け画面に戻った携帯電話を折り畳んで収める前に、横合いから奪われた。目を向けると、部屋着に着替えた加藤がいつになく硬い表情でシルバーの携帯電話を眺めている。

「——……きみ、携帯電話は持ってないって言ってなかった？」

「はい。持ってないです」

「でも、これは携帯電話だよね。例のプリペイドじゃないよね？」

気のせいか、加藤の声音《こわね》がいつもより低く聞こえた。携帯電話をためつすがめつ眺めている横顔も、いつになく険しく見えた。

変化そのものは、ほんのわずかだ。けれど、ふだんが一定して上機嫌な人の気分の傾きは、驚くほど鮮明に伝わってきた。

「おれのじゃなくて、高垣先生——ええと、おれの身元引受人になっている人との連絡用なんです。専用っていうか、高垣先生としか使わないことになってて」

何が気に障《さわ》ったのかわからないまま、慎は加藤に説明する。とたんに向けられた視線がいつになく鋭く思えて、思わず呼吸を止めていた。

「高垣先生って、大学関係の人？　その人専用って、そのために買ったんだ？」

「うちの大学の教授、で……合格発表のあとで、先生から渡されたんです。契約とか支払いも全部先生がしてくれてて、おれはただ持ってるだけだから」

「その先生と、明日会うんだ？　よくそんなふうに呼び出されるの？」

「週に一度、会うっていうのが条件……約束なんです。だから」

「……そう」

一言だけ返った声が、いつになく素《そ》っ気《け》なく聞こえた。差し出されたシルバーの携帯電話を受け取りながら加藤の様子を窺った時、遠くから電子音が鳴るのが聞こえた。

何度か聞いたから知っている。あれは、加藤の携帯電話の音だ。

「ああ、電話だな。……悪いけど、終わったら先にお風呂貰《もら》うよ？」

言って、加藤はリビングのドアに手をかける。それへ、急いで言った。

「お茶、どうしますか。部屋に持っていきましょうか？」

「今はいらない。たぶん仕事の電話だし、少し長引きそうだしね」

さらりと言って、リビングから廊下に出ていってしまった。

加藤の表情も声音もいつもと変わりなかったのに、伸ばした手を振り払われたような気がした。初めての感覚に、慎は呆然とする。

久しぶりに、通話に使ったせいだろうか。手の中にあるシルバーの携帯電話は、まだ熱を持っていた。

14

翌月曜日の朝、いつものように加藤と一緒に朝食をすませて、慎は大学に行くためマンションを出た。

「今日はどこでバイトかな。帰りは何時になる？」

「『華色《はないろ》』です。夕方から、閉店までいます」

「そう。じゃあ頑張って。行ってらっしゃい」

「はい。加藤さんも、気をつけて行ってきてください」

もう馴染《なじ》みになった挨拶を交わして、慎は地下鉄の階段を降りていく加藤を見送る。

人波に紛れるスーツの背中を目で追いかけたけれど、今日の加藤は振り返ってくれない。

たったそれだけのことが、ずんと胸に響いた。

……結局、昨夜はあれきり加藤と顔を合わせる機会がなかったのだ。遅い時刻になってリビングに向かう気配を感じたけれど、その時には慎の方が和室に引き上げてしまっていた。

今朝は、ふつうに会話できたと思う。けれど、加藤の表情や声がどことなくいつもより硬いように感じた。

何か、余計なことを言っただろうか。それとも、約束を破られたという気持ちが態度に出てしまっていたのかもしれない。そう思うと、いつもは美味しいはずの朝食を味気なく感じた……。

「とにかく、メール……」

込み合った電車内で頭を振って、慎は青い携帯電話を操作する。里穂子宛《あて》に、「どうしても会って訊きたいことがあるから連絡してほしい」というメールを送った。

返信は予想外に早く、今日最初の講義がある教室に入るとほぼ同時に届いた。すぐに開いてみると、都合のいい時間をメールするように記されている。

今日は一日講義の予定がびっしりで、昼休みは高垣との約束がある。どうしようかと思った時、ふいに横から肩を叩かれる。

「よ。掲示板見たか？　ふたコマ目、休講だってさ。——何、結局携帯買ったのかよ」

糸川《いとかわ》だった。空いていた隣の席に腰を下ろすなり、慎が手にした青の携帯電話を興味津々に眺めている。

「……一時的に預かってるだけだ。今日明日には持ち主に返す」

「そうなん？　けどさ、この際だからちゃんとした携帯持てよ。あると便利だろ？」

「便利だとは思うけど……たぶん、使うことはそうそうないから。プリペイドも、必要なくなったらやめるし」

「え、何で。俺は困るんだけど」

心外そうに言われて、慎は「え」と返答に詰まる。

「携帯なしだと、おまえ捕まえようがなくなるだろ。この際だから買っちまえば？　使うのメール中心にして、電話は受信専用にすれば月々の料金もそうかからないはずだぞ」

親しげな声音に、「まずい」と感じた。さりげなく視線を外して、慎はぼそぼそと言う。

「携帯は好きじゃないんだ。――それはそうと、ふたコマ目が休みって本当？」

「講師急病につき、だってさ。そんなら昼メシはちょっと遠出しねえ？　安くて美味《うま》い店があるからさ」

「無理。他を当たってくれないか」

素っ気なく返して、慎は手早く返信メールに文章を打ち込む。返信完了を確かめたあとでマナーモードになっているのを再確認して、鞄のポケットに突っ込んだ。

「末廣さ。何かあったのか？」

「別に、何も。どうして？」

待っていたように声をかけてきた糸川に、短く答える。とたん、どうしてか彼は顔を顰《しか》めた。少し考えるふうにして言う。

「……あのさあ。おまえ、根岸辰也《ねぎししんや》って人、知ってるよな？　俺、知り合いなんだけど――って、おい。末廣っ？」

糸川の言葉が終わる前に、慎は席を立っていた。テキストの準備がまだだったのを幸いに、鞄を手に席を立つ。後ろにあった空席に移った。

呆気《あっけ》に取られた顔の糸川が、眉《まゆ》を寄せて中腰になる。そのタイミングで、講師が入ってきた。渋々のように腰を下ろす様子を目にして、慎はほっと胸を撫で下ろす。

――根岸は、前の大学で慎の「友人」だった相手なのだ。

喉《のど》の奥によみがえった苦いものを呑《の》み込んで、慎はぐっと奥歯を噛《か》む。

根岸と知り合いなら、おそらく糸川は慎の兄がしでかしたことを知っている。昨日今日に知ったのかもしれないけれど、いずれ糸川の周囲には伝わっていくに違いない。

何もかも、仕方がないことだと知っている。兄はそれだけのことをやったのだし、慎にはその兄を付け入らせた咎があった。

けれど、何も今のこのタイミングで「それ」が来なくてもいいのにと、考えずにはいられなかったのだ。

いつもは惜しいほど早く終わる講義が、今日はやけに長かった。教壇の上の講師が終了を告げると同時に、慎は講義室を飛び出した。

歩きながら確かめたメールは里穂子からで、受信時刻は三十分前だ。前に会った学内のカフェで待っているという内容だった。

いつもの気後れは、きれいに吹っ飛んでいた。息を切らしてカフェに入り、窓際の席に駆けつけると、里穂子は頬杖《ほおづえ》をついて退屈そうに外を眺めていた。慎が鞄を空いた椅子に置くと、ようやくこちらに目を向けてくる。露骨にうんざりしたような、不機嫌な顔をしていた。

「――……どういうことなのか、説明しろよ」

押し殺した声を、他人のもののように聞いた。

「とりあえず、座ったら？　突っ立ったままだと話にならないでしょ」

冷めた顔で言って、里穂子は店員を呼んだ。慎に選ばせることなく、ふたり分のオーダーをすませてしまう。去り際の店員に言って、テーブルにあったカップを下げさせた。

しばらく、ふたりとも無言だった。じきに、店員が慎にコーヒーを、里穂子に紅茶を運んでくる。伝票を置いて離れていくのを待っていたように、里穂子はぽつりと言った。

「昨日の報告メールがなかったの、わざとでしょ」

「……そっちこそ、ここ一週間、全然連絡して来なかっただろ」

「携帯は取り上げられてたの。昨夜、家に帰ってからやっと返してもらえたのよ。――それより、バイトの首尾はどうなってるの？　一緒に住むようになって一週間だもの、既成事実の一度や二度は作ってるわよねえ？」

突きつけられた問いは年下の女の子から聞くには露骨過ぎて、咄嗟に慎は返答に詰まる。

「……あいにく、まだ何もないよ。頭を撫でられたり、肩を叩かれたりするくらいだ」

「どういうことよ。何ってそうも煮え切らないの⁉　向こうが何もしてこないんだったら、あなたの方からキスするなり押し倒すなりすればいいことじゃない！　一緒に住んでるんだったら夜這《よば》いなんて簡単でしょうに！」

大仰に目を見開いた彼女に苛立《いらだ》った口調でまくし立てられて、さすがにむっとした。

「最初の話では、個人的に親しくなればよかったはずだ。一緒に暮らせばいいとも言ったよな？　あんたこそ、携帯を取り上げられてたってどういうことだよ」

「自分の部屋に閉じこめられて、外に出られなかったのよ。大学にも行かせてもらえないし、携帯どころか電話の子機まで持っていかれるしで、もうさんざんだった。やっと出してもらえたかと思ったらいきなりあの人に引き会わされて、一緒にお食事でもしてこい、なんだもの。あたしの意志なんて、完全無視でね」

「――――」

不穏な言葉の連続に、慎は目を丸くする。最後の「あの人」が加藤のことと察して、慎重に言った。

「……あんた、加藤さんとは話したこともないんじゃなかったのか」

「昨日初めて話したのよ。ついでに、話したくて話したわけでもないわ。ほとんど騙《だま》し討ちよ。あたしは母と一緒に買い物に行くつもりだったんだもの」

いったん言葉を切って、里穂子は不快そうに顔を歪めた。癖のように、曲げた右手の指に歯を立てる。視線に気づいたのか、慎を見て放り出すように言う。

「強制的なお見合いよ。あの人の勤め先の社長は母方の伯父で、うちの母はそこの役員なの」

「お、みあい……？」

おうむ返しに口にしたあとで、「お見合い」という言葉が脳裏に浮かんだ。絶句した慎を面倒そうに見返して、里穂子は続ける。

「仕事はできるし上司部下の信頼も厚い超優良社員だって、あの人は伯父に気に入られてるの。余所《よそ》から引き抜きの話も来てるはずだけど、できる限り手放したくない。だから姪《めい》のあたしと結婚させて、ずっと手許《てもと》に置こうって考えたわけ」

「……待てよ。だったら何で、おれにあんなバイト持ちかけて——誘惑とか既成事実とか、そんなの」

「あたし、今、真剣につきあってる彼がいるの。彼以外との結婚なんて考えられないのよ。だいたい、ひと回り以上も年上のおじさんと結婚なんて、冗談でも笑えないわよ！」

叩きつけるように言い返して睨《にら》みつけてくる里穂子に、即座に言い返した。

「だったら親にそう言えばいいだろ⁉　何でわざわざ、あんな真似——」

「言って聞いてくれる親だったら、一週間も軟禁しないわよ。あなた、そんなこともわかんないの？」

言って、里穂子はつんと顎を上げる。ため込んでいたものを吐き出すように続けた。

「あたしの彼はミュージシャンの卵なの。メジャーデビュー目指して頑張ってるところなの！　だけど、うちの両親はちっとも理解しようとしないのよ。あんなふらふらした人間と結婚できるわけがない、いつまでも子どもみたいなこと言ってないで、きちんとした人を見つけてお嫁に貰ってもらったほうがいいって言うばっかり。反省して考え直せで、いきなり軟禁よ⁉　どう考えたっておかしいでしょう⁉」

「……けど、携帯は返してもらったんだろ？　今日だってここに来られたし」

「あたしが気が変わったフリをしたからでしょ。思いっきり浮かれてあの人のことを褒めちぎって、両親の前で彼にお別れの電話をして、彼のナンバーとアドレスを消してみせたから、もう大丈夫だと思ったみたい。里穂子は飽きっぽいから、とか言ってたし。……けどあたし、彼と別れるつもりはないから。絶対、あの人と結婚なんかしない」

きっぱりと言い切る横顔は、前回までの取り澄ました表情とは別人のように感情的だ。

何とも言えないため息が、こぼれていた。

「だったら、加藤さんに事情を話して頼んでみなよ。加藤さんの方から、断ってほしいって」

「馬鹿ねえ。わざわざ自分から、将来の幹部の席を蹴《け》るような男がいると思ってる？」

露骨に哀れむような里穂子の声に、慎は息を呑む。その様子をじろじろと見つめて、彼女は聞こえよがしのため息をついた。

「伯父さんのところにはひとり娘しかいないんだけど、彼女は勘当されてて絶縁状態なの。あたしと結婚して婿養子になるのが、跡継ぎになる条件みたいなものなのよ。——あの人、そういうことも全部知ってるはずよ」

「でも、あんたは結婚したくないんだろ。だったら、ちゃんと加藤さんにそう伝えた方がいいと思う。あの人なら、あんたの気持ちも考えてくれるはずだ」

訥々《とつとつ》と言いながら、胸の奥が絞られるように痛かった。

——昨日の約束が反故になったのも、その理由をきちんと話してくれなかったのも、当たり前のことだ。自分の将来まで巻き込むようなごくプライベートなことを、「気になって放っておけない」から拾っただけの居候に話すはずがない。

「あなた、騙されてるんじゃないの？　うちの伯父さんが跡取りにしたいと思うような人が、ただのいい人のはずなんてないし。第一、当たり前のお人好《よ》しが結婚式当日に花嫁に逃げられて、平然としてると思う？」

え、と目を見開いた慎に、里穂子は顔を顰めてみせる。

「さっき、伯父さんの娘が行方不明だって言ったでしょ。あたしの従姉《いとこ》なんだけど、彼女とあの人って四年前に結婚してるはずだったのよ。新婚旅行や新居の手配もしてたのに、挙式寸前に従姉がいなくなったせいで破談になったの。従姉が置き手紙してたから、恋人と駆け落ちしたってわかったんだけど」

「か、け落ちって……」

「あたしもお式に招《よ》ばれてたから、あの日のことはよく覚えてるわ。控え室から従姉が消えて、式場中を探しても見つからなくて、お式の時間になって——みんなが右往左往してた時に、あの人、何もなかったような顔で落ち着いてた。心配する素振りはあったし一緒に探してはいたけど、おかしいくらい平然としてたわ。お式を中止するように伯父に言ったのも、招待したお客さまへの説明内容を考えたのもあの人だった。少しでも従姉が好きだったら、あんなに平然としていられないはずよ」

　声を失った慎を見つめて、里穂子は言う。

「寸前で花嫁に逃げられたりしたら、大抵の人はいたたまれなくて会社を辞めたりするものでしょう？　なのに、あの人は平気な顔で勤めてるの。あたしとのお見合い話が出たら、当たり前みたいに受けたのよ？　そういう人が、あたしの言うことに取り合ってくれるわけがないじゃない。伯父か母に告げ口して、今度はお式まで監禁されるのがせいぜいだわ」

「……だけど」

「あなただって見たでしょう。あたしは嘘をついて連れて行かれたけど、あの人は自分の意志でお見合いに来たのよ」

返事ができず黙った慎から視線を外すと、里穂子は苛立った口調で言った。

「だいたい、あなたがぐずぐずしてるから悪いのよ！　早々に同居までこぎつけたんだったらちゃんとしたらどう⁉　言っておくけど、ただ仲がいいだけじゃ駄目なんだから！　せめてあなたとあの人がそういう関係に見えるような証拠がないと、話にならないじゃない！」

叩きつけるように言われて、混乱しきっていた思考の一部がすうっと冷えた。

「――あんた。その証拠を使って何をどうする気なんだ？」

「そんなの、決まってるじゃない。隠れて同性の恋人とつきあってるような人と結婚できるわけがないって、両親に言うのよ」

頬杖をついた彼女が面倒そうにそっぽを向く様子を見た瞬間に、頭の中で何かが破裂したような気がした。

そんなことをしたら、加藤の立場はどうなるのか。「同性とつきあっている」だけでもどんな目で見られるかわからないのに、「それを隠して社長の姪との見合いを受けた」などと思われたりしたら――？

「ふざけるなよ！　加藤さんはおれが住むところがないのを気にかけて、親切にしてくれたんだ。なのに、何でそんな真似――」

「あなたがあの人に近づいたのは、あたしが頼んだアルバイトのためでしょ。なのに、今になってやっぱり辞めるなんて言うつもり？」

即答する声の温度が、一気に下がったように聞こえた。返答に詰まった慎を冷ややかに見つめて、里穂子は宣言するように言った。

「個人的に親しくなるのが限界だって言うなら、それでもいいわ。だけど、既成事実があると思わせるような証拠は出してもらうわよ。——用意できなかったらバイト料は全額返してもらうから、そのつもりでね」


聞き覚えのある電子音で、我に返った。

のろのろと視線を動かして、慎はようやく隣の椅子の上にあった自分の鞄を見つける。ポケットから引っ張り出したシルバーの携帯電話を耳に当てた。

『慎くん？　どうした。今、どこにいる？』

「え、……あ！」

電話越しに高垣の声を聞いて、約束があったのを思い出した。跳ねるように腰を上げて周囲を見回すと、つい先ほどまでがら空きだった店内がすっかり満席になっている。目に入った壁時計は、昼休み開始から二十分過ぎを指していた。

最後通牒《つうちょう》を突きつけた里穂子が席を立ったままでは、覚えている。

当然のようにテーブルの端にあった伝票を手に、振り返りもせずカフェを出ていくのを、呆然と見送るしかできなかったのだ。そのまま、慎は放心したようにここに座り続けていたらしい。

『何か不測のことでもあったのか？　私がそちらに出向いても構わないが』

「いえ、すぐに行きます。すみません」

電話口の高垣に謝って、慎は鞄を摑《つか》んだ。すぐさまカフェを飛び出し、転がるように階段を降りて、高垣の研究室へと向かう。

里穂子と会っていたカフェと、高垣の研究室がある棟とはキャンパス内でもかなり離れている。必死になって走って走って、やっとのことでドアの前に辿《たど》りついた時には、慎は肩で息を吐《つ》いていた。

ドアをノックして室内に入ると、高垣はデスクではなくソファにいた。膝に肘《ひじ》をつき、拳《こぶし》を頰に当てた格好で軽く身を捩《よじ》って慎を見たかと思うと、いつもの淡々とした声音で座るよう促してくる。

「昼食はすませたのか？」

「あ、……いえ、まだ」

「それなら、まずは食べなさい。午後からも講義があるんだろう」

腰を下ろしながら見ると、ローテーブルの上にどこからか買ってきたらしい弁当とペットボトルのお茶がふたり分置かれていた。高垣が自分の弁当を食べ始めたのを目にして、慎も躊躇《ためら》いがちに箸《はし》を手に取る。

出来合いにしては味付けが濃くなく、美味しい弁当だった。もっとも、高垣の様子がいつもと違うふうなのは一目瞭然《りょうぜん》だ。先ほどの里穂子の話で気持ちを乱されたままではなおさら落ちつかず、結局慎は途中で箸を置いてしまった。

食べ終えて席を立っていた高垣が、ふたり分のコーヒーカップを手にソファに戻ってくる。慎の前にカップをひとつ置いて腰を下ろすと、おもむろに口を開いた。

「——昨日、所用があってきみのアパートを訪ねた」

反射的に、びくりと肩が揺れた。ぐっと奥歯を嚙んだ慎を見たままで、高垣は続ける。

「一週間以上前に、きみはあのアパートを出たそうだね。今は、どこで暮らしているんだ？」

「……知り合いの、ところです。いろいろ、あって……」

「もちろん事情はあるだろう。最初から、きちんと聞かせてもらえないか」

高垣の声音は平淡で、内心どう思っているかをまったく窺わせない。

どのみち、引っ越しが決まったら話さなければならなかったことだ。今の慎が保証人を頼むとしたら、この人以外誰もいない。

「猫を、拾ったんです。道端の、バケツの中で鳴いていていて」

アパートを出た直接の理由はそっちで、引ったくりも授業料も無関係だ。だから、その部分は省いて説明した。

「知り合いというのは誰だね。大学の友達か、バイト先の知り合いなのか？」

「バイト先のお客さんで、猫を貰ってくれた人です。大家さんに猫が見つかった時に、ちょうど引き取りに来てくれてたので」

とたんに、高垣は眉を顰《ひそ》めた。

「ほとんど通りすがりということか。そんな相手の世話になっていたのかね」

「……っ、あの、でもいい人なんです！　おれに猫の世話を頼みたいって、それでチャラだって食費とか光熱費も取ってくれないし、すごくいろいろ、おれのことも気にしてくれてて」

高垣を見返して、慎は必死に言葉を探す。

「おれの家のこととかも話したんですけど、態度も全然変わらなかったし。合い鍵とかも、すぐ預けてくれて、だから」

無表情だった高垣が、わずかに怪訝《けげん》そうにする。珍しいその表情よりも、加藤がこの人に悪く思われることの方が気がかりだった。

「まだ一週間ですけど、ずっとそうなんです。おれの都合ばっかり考えてくれて、迷惑しかかけてないのに、お礼言われてばっかりで……だから、悪いのは全部おれなんです。おれが、考えなしだったから」

「――……だったらなおさら、いつまでも世話をかけるわけにはいかない。そのくらい、きみにもわかっているはずだ」

静かに告げられた言葉に、これまで目を逸らしていた事実を突きつけられた気がした。必死で言葉を探して、慎はやっとのことで言う。

「不動産屋に、探している部屋の条件を伝えてお願いしてあります。部屋が見つかったら、その日のうちにそっちに移る約束もしています。ただ、時季が時季だから、なかなかいい物件がないみたいで」

「当然だな。この時季に引っ越す学生はまずいない。条件次第では年度代わりまで待っても見つからない可能性もある」

高垣は、慎が格安の家賃を決め手にあの部屋を選んだことを知っている。ほとんど表情を変えることなく続けた。

「この際だから、卒業までうちにいたらどうかね」

「でも、先生。そういうわけには」

言いかけた慎を手振りで制して、高垣は続ける。

「卒業までというのは保留でいいから、とにかくいったんこちらに移りなさい。もちろん、猫も一緒で構わない」

「――……」

高垣の言うことが正論だとよく知っていて、どうしても頷《うなず》くことができなかった。俯いて言葉を探していると、高垣が言う。

「荷物が少ないなら、宅配便の着払いで頼みなさい。費用は私が出そう。私からもきちんと挨拶と礼をしておきたいから、先方の都合を訊いておきなさい」

反射的に顔を上げて、慎は言葉を呑み込む。

高垣が、いつになく柔らかい表情でこちらを見つめていた。宥《なだ》めるように続ける。

「先方の家を出たからといって、つきあいが終わるわけじゃないだろう。きみが今言った通りの人なら、きみ次第で今後も友人づきあいを続けるのは十分可能なはずだ」

「友人、て……」

「きみにしては珍しく聞き分けがないのは、先方とこれきりになりたくないからじゃないのか?」

告げられた言葉に、自分の表情が固くなるのがわかった。向かいのソファに腰を下ろした高垣が身を起こすのを眺めながら、慎は言葉を見つけられずにいる。

「きみの様子が少しばかり変わったように聞いたが、どうやら先方の影響のようだな」

高垣の言葉は予想外のもので、慎はびくりとした。

「変わった、って……聞いたって、どこで」

「どういうわけだか知らないが、きみの様子を逐一私に教えてくれる学生がいるんだ。どうやら、きみを私の隠し子だと思い込んでいるらしい」

「隠し……」

「親類だと説明したはずなんだがね。似ていないから実は違うだろうと言う者がいるとは聞いていたが、そう来るとは」

表情はあまり変わらないが、声音は面白がっているようだ。「愛人」云々はまだ耳に届いていないと知って胸を撫で下ろしながら、ひどく申し訳ない思いがした。

「いろいろ、ご面倒ばかりですみません。おれ、うまくやれないことが多くて、先生の息子さんの代わりはできないみたいで」

「それは無用だな。第一、私はきみを息子の代わりだとは思わないし、そんなふうに扱った覚えもない」

「え……でも、おれがヒロタカくんと同い年でよく似てたから、先生はおれを気に入ってたんだって叔母さんが言っ……」

（援助してもらえるんだって？　よかったねえ。高垣さん、結局再婚してないみたいだから、今になって寂しくなったのかもねえ）

脳裏によみがえったのは、慎が高垣から援助を受けると知って顔を見せた親類の言葉だ。

（ヒロタカくんに似てるから、そこまでしてくれるんだよ。あんた、あの子の代わりになるつもりで親孝行しなきゃ駄目よ？）

「息子が死んだのは三つの時だ。息子もきみも母親似で、母親同士が姉妹なら、幼い頃には似ていてむしろ当然だろう。——亡くなった妻が、きみに息子を重ねることで自分を慰めていたのは事実だが、息子はあくまで息子であって、きみではない」

「……——」

「きみを身代わりとして扱ったのでは、息子が居場所を失うことになる。第一、息子の位置にきみを押し込むのは、きみに対して失礼というものだ」

告げられた内容が意外過ぎて、慎は疑問を口にする。

「あの……だったらどうして、おれに援助なんか」

「きみに、本気で勉強したいという気持ちがあったからだ」

高垣の答えは端的で、その分明瞭だった。

「前の大学を辞めたのは、事情状況によってやむなくという側面が強い。加えて、きみはもう一度大学に行くべく本気の努力を始めていた。……そこまでやる気があるのなら援助しようと思った。他に理由が必要かな？」

「——」

「きみは、とても真面目で勉強熱心だ。昨年度の講師陣に聞いても、優秀な上に授業態度が非常によく、課題もとてもレベルの高いものを、必ず期限内に上げてくるという。学費のみの援助でそこまでやれるのはたいしたものだと、他からも聞いたし私も思う。——ただ、対人関係がどうも難しいのではないかという話もある」

いったん言葉を切って、高垣はまっすぐに慎を見た。

「きみは、学内に親しい相手がいないだろう。そもそも作るつもりもない様子だとも聞く。家賃を含めた生活費や必要経費を自分で稼ぐにはかなりの時間をバイトに取られるはずで、外に遊びに出る余裕もそうないだろう。だとしたら、常にひとりでいることにならないかと気になっていた」

「……それは、別に」

「だが、少なくとも学外に、緊急時に助けてくれる人物がひとりいた。そして、きみ本人もできればその人と繫《つな》がっていたいと思っているわけだ」

続いた言葉に、ざらつくような違和感を覚えた。その正体が見つからないまま、慎は高垣の声を聞く。

「十日ほど前から世話になっていると言ったか。その頃からきみが変わっていったように聞いたからには、間違いなくその人物の影響だということだな」

「おれは、そんなつもりはないです。別に、変わってなんか」

「言い換えよう。変わったのではなく、本来のきみに戻ったんじゃないかね？　だったら、そうなるのは望ましいことだと私は思うよ」

本来の、と繰り返した慎に、高垣は言う。

「前の大学で、きみには何人も仲のいい友人がいた。今のように学内でひとりでいることは、そうなかったはずだ」

「――――」

黙り込んだ慎を前に、高垣も無言だった。思い出したように、指先に挟んだ紙片――名刺を差し出す。慎の手のひらに載せて言った。

「私の住所を、もう一度教えておく。必要なら車を出すから、遠慮せずいつでも言いなさい。今後何か問題ができた時は、ひとりで考え込む前に私に相談することだ。いいね？」

15

自分の意思で、講義をサボったのは初めてだった。

人気《ひとけ》のない大学図書館の奥、書架に挟まれて人目につかない場所にあるベンチに腰を下ろして、慎はぼんやりと手にしたプリペイド携帯を見つめていた。

音こそ消してあるものの、着信を知らせるランプは先ほどからひっきりなしに灯《とも》っている。放置しているうちに、唐突にそれが止まった。

時刻は、ちょうど今日最後の講義が始まったところだ。ついで開いた受信メール画面の上から下までは、ずらりと同じ横文字のメールアドレスが並んでいる。「itokawa」という文字で誰のアドレスかはわかった。

講義室に行って、糸川と顔を合わせるのが億劫《おっくう》だったのだ。今のうちに考えたいことや、整理しておかなければならないことも、山のようにあった。

里穂子に言われたことと、彼女から引き受けたアルバイトのこと。これから自分がどうするのか——どうするべきなのか。

「…………」

考えるまでもなく、答えはひとつだ。もう、加藤のマンションにはいられない。

(あなたがあの人に近づいたのは、あたしが頼んだアルバイトのためでしょ)

脳裏に響くのは、午前中に里穂子から突きつけられた言葉だ。そして、その言葉が正しいのは言うまでもなかった。

加藤といると居心地がよくて、楽しかった。それも大きな理由だったけれど、何よりも里穂子とのアルバイトの件があったからこそ同居話に頷くことができたのだ。

アルバイトだから、短期間のことだから、終わればきれいに縁が切れるから——そう考えることで割り切っていた部分は、確かに大きかったのだ。だからこそ加藤に対して悪いと思いながら、後ろめたさを感じながらも里穂子への報告をやめることを考えなかった。

里穂子の本当の目的を知っていたなら、絶対に引き受けたりしなかった。それは今だから言えることでしかなく、言い訳にもなりはしない。結局のところ、慎は加藤の厚意を利用しながら、彼を陥れる準備をしていたことになる――。

目の前の書架に並ぶ背表紙を見たまま、慎は長く放心していたらしい。耳に入ったざわめきに我に返って鞄からプリペイド携帯に目をやると、またしてもランプが点滅していた。メールではなく通話着信で、表示されているのは十一桁の数字だ。

どうしようかと一瞬考えて、結局は電源を落とした。プリペイド携帯を鞄のポケットに押し込んでから、慎はようやく腰を上げる。そろそろ行かなければ、「華色」のアルバイトに間に合わない。

同じ学部学科の人間に極力会わないよう気をつけて、慎はキャンパスを出て電車に乗った。いったん加藤のマンションに立ち寄り、子猫に餌をやってから「華色」へ向かう。

今日のバイトは六時からで、十分前には店に着いた。お仕着せのエプロンを着て時間通りに店に出ると、テーブルの片づけにかかる。グラスやカップをトレイに移しながら店長を見つけて辞めると言っておかなければと思い、そのあとでふいに気持ちの一部が大きく抉れたような心地になる。

あのマンションを出て「華色」のバイトを辞めてしまったら――慎と加藤の接点はきれいになくなってしまうのだ。そうしたら、もう話すどころか顔を見ることも叶《かな》わなくなる……。

「末廣くん。五番テーブル、ご指名みたいよ」

「え、……え？」

いきなり背後からかかった声に目をやると、背後に佐原《さはら》がいた。少し声を落として言う。

「友達でしょ？　オーダーがてら話があるそうよ。ちなみにお客さんを呼んでくれたのはプラスだけど、バイト中の長話は厳禁だから気をつけてね」

「友達って、おれのですか」

「そう。早く行ってあげて？　ここはあたしがやっとくから」

急《せ》かすように言われた上に、持っていた台拭《だいふ》きを奪われた。仕方なく五番テーブルに目をやって、慎は硬直する。

店の出入り口に近いテーブルに座って、糸川がこちらを見ていた。

ここでバイトしていると、人に話した覚えはない。だったら、大学から追いかけてきたのだろうか。そう思い、もう逃げられないと覚悟を決めた。

お絞りと水をトレイに載せて五番テーブルに向かう間も、糸川は慎を見たままだった。

「……ご注文はお決まりですか」

「お決まりですけど。午後の講義、何で出なかったんだよ。ずっと皆勤だったくせに」

頬杖をついた糸川を、無言で見返した。反応のなさに辟易《へきえき》したのか、彼はわかりやすく顔を歪《ゆが》める。

「あのさあ、電話もメールも完全無視って、いくら何でもどうなんだよ？　まあ、いきなり根岸の兄ちゃんの話をした俺もどうかと思うけどさ」

「……そういう話なら、大学でしてくれないか。今、仕事中なんだ」

「大学でしようとしたら、おまえが逃げたんだろ。で、本題。これ、根岸の兄ちゃんから、末廣……末廣サン、に。……って、おまえ年上だったのかよー。だったらもっと早くそう言やいいだろうに」

気まずそうな顔で、糸川は慎に二つ折りのメモ用紙を押しつけてきた。開いてみると十一桁のナンバーとアドレスに加えて「末廣へ。連絡を待っている」との文章が記されていて、思いがけなさに目を瞠る。

「根岸の兄ちゃんの連絡先。で、伝言。——あの時は本当に申し訳なかった。連絡取れなくなって心配してるから、電話が無理ならメールだけでも頼む。あと、弘《ひろし》は何も知らないから。以上。……ちなみに弘って俺のことね」

早口に言ったかと思うと、糸川は突っ立ったままの慎を見上げた。「アメリカンでよろしく」と続けた顔は見慣れた表情のままで、何か含んだような気配はない。

「……糸川は、根岸とはどういう……？」

「幼なじみっていうか、実家が隣同士なんだよ。ガキの頃はセットで遊んでたし、大学は別でも学部は同じなんで、時々一緒に飲んでんの。で、先週、おまえ……じゃまずいか、あんたから借りたノートを兄ちゃんに見られて、これ誰のだって訊かれたんで名前教えた。そしたら、写真を見せてくれって言われて」

あまりの見幕に押されてこっそり慎の写真を撮って見せると、根岸はこのメモを書き、伝言してきたのだそうだ。

「できれば短くてもいいからメールくらいしてやってよ。あんたのこと、すげえ気にしてたみたいだったしさ。迷惑だったらこれきりにしろって送ってもいいし」

「……いいのか、そういうの」

「いいんじゃないの。末廣……サンが本気でそうしたいなら、の話だけど」

言い辛《づら》そうに「サン」をつけて喋る態度は以前とまるきり変わりなく、そう認識したとたんに肩から力が抜けた。短く息を吐いた慎を見上げて、糸川はにやりと笑う。

「あとさ、飲みの件。俺、諦《あきら》めてないからよろしく」

「……どうしてそんな気になれるんだ？　おれ、態度よくないし、話してて面白くもないだろ。今までろくに話してなかったし」

「あー、迷惑かと思ってたからなあ。最初の講義で一緒になった時からそうだけど、かなり露骨に周りと距離置いてるし、寄るな触るな話しかけるなって顔してたしさ。そのくせノートとか資料とかは簡単に貸してくれるしで、なーんかよくわかんない奴だとは思ってた。けど、感謝してたのは本当だよ？　何かとっかかりはないかなーと思ってもいたし」

いったん言葉を切って、糸川は肩を竦《すく》める。

「猫の話、持ちかけられた時がチャンスだったんだけど、あんまり予想外で反応遅れたんだよ。人にもだけど、動物にも興味ないんだろうと思ってたしさ。で、最近になってあんたの雰囲気が変わったんで、思い切って声かけてみたわけ」

「雰囲気が、変わった？」

問い返すと、糸川はあっさり「そう」と頷く。

「厭がられるほどしつこくする気はないからさ、気が向いたらつきあってくれよ。俺だけじゃなくて、みんなあんたのこと気にしてるし」

「……気にする理由とか、ないと思うけど」

「あんたにはなくてもこっちにはあるんだよ。借り作ってばっかりで、ろくに返すチャンスもなけりゃ誰だって気になるだろ。こないだあんたの連絡先訊きたがったのって、ほとんどそういう連中だよ」

からりと糸川が笑った時、出入り口の扉が開いて数人の客が入ってきた。反射的に「いらっしゃいませ」と声をかけて視線を戻すと、糸川はこそりと言う。

「俺の用はそんだけなんで、末廣サンはもうバイトに戻れよ。何か睨んでる人がいるしさ」

「……末廣、でいいよ。年は上でも学年は一緒だろ」

気がついた時には、そう答えていた。持っていた伝票のアメリカンの欄に印をつけて顔を上げると、嬉《うれ》しそうに笑う糸川と目が合った。

「駅の東口のコインロッカーん中に、今日の分のノートのコピー入れといた。判読不能だったら、遠慮なく苦情よろしく。あと、俺はあんたと話すの、結構面白いと思ってるよ」

「……ありがとう」

戸惑いがちに答えて、差しだされた鍵をメモごとエプロンのポケットに入れた。カウンターに引き返してオーダーを告げながら、店長がじっとこちらを見ているのを知った。

注意されるかと思ったけれど、そうなる前に客足が増えた。オーダーを取り、できあがった品をテーブルに運び、レジを終えて客が去ったテーブルを片づけている間に糸川は帰っていったらしく、五番テーブルには女性のふたり連れが座っていた。

加藤が姿を見せたのは、時刻が午後八時を回った頃だ。その時、慎は奥のテーブルの片づけを終えてカウンターに戻るところだった。

いつか加藤のことを気にしていたアルバイトの女の子が、窓辺のテーブルにオーダーを取りに向かう。飛ぶような足取りで戻ってきてオーダーを入れたかと思うと、他のアルバイトたちと声を落として話し出す。

「名前、加藤さんて言うんだってー！　思い切って訊いてみたら、すんなり教えてくれた！」

嬉しそうな声を聞きながら、胸の奥で何かがざらりと厭な音を立てる。同時に、数時間前の高垣の言葉を思い出した。

（きみ次第で今後も友人づきあいを続けるのは十分可能なはずだ）

あの時に感じたざらついたような違和感が、耳の奥で余韻のように響く。里穂子と並んで歩いているのを見た時や、会社の女性と笑い合っているのを目にした時と同じ不快感を覚えて、慎はふいに「ああ」と気づいた。

エプロンのポケットの中、糸川から渡されたメモ用紙に指先で触れながら、慎は数年前に決別した友人——根岸を思い出す。

根岸は、最初に入った大学で一番親しくしていた相手だ。今になっても、できればあのまま友人でいたかったと心の底から思う。

だから、わかる。慎は、加藤と「友人」になりたいわけではない。加藤に対する気持ちは友人に向けるものとは別の、もっと強くて粘ついている——自分勝手で後ろ暗いものだ。

証拠に、たった今、慎は同じアルバイトの女の子に妙な具合に苛立っている。彼女が加藤と話し込んだことに、加藤が名前を教えてしまったことに、——彼女が「女の子」で加藤の恋愛対象になれる立場だということに、みっともないほどの苛立ちを覚えている。他の誰かが加藤の傍《そば》にいるのを厭だなどと、勝手な独占欲を覚えている……。

「バイトは閉店までだったよね?」

空いたテーブルを片づけて回っていた時、横合いからそんな声がした。

窓辺の席にいたはずの加藤が、いつの間にか傍に立っていた。顔を強《こわ》ばらせた慎に気づいたのか、怪訝そうに首を傾げる。それへ、急いで頷いてみせた。

「一緒に帰ろうか。駅の改札口で待っててていい？」

低く囁《ささや》かれて、もう一度頷いた。応じるようににこりと笑った加藤は、すでに精算を終えていたらしい。ぽんと慎の頭を叩くと、大股に店を出ていってしまった。

台拭きを使う手を止めて加藤の背中を見送りながら、もう機嫌は直ったんだろうかと思う。同時に、この期《ご》に及んでそんなことを気にする自分に――「一緒に帰ろう」と言われただけのことで、これほど嬉しいと思ってしまう自分に呆れた。

好きになったところで、見ているしかない相手だ。そして、もうじきただ見ていることも叶わなくなる――。

気づいたばかりの感情を持て余して、慎はきつく奥歯を噛む。

ひどく、胸が痛かった。

閉店時間まで、残り十五分を切っていた。

16

閉店後、後片づけと着替えを終えてから奥にある事務室を訪ねてアルバイトを辞めさせてほしいと切り出すと、店長は訝《いぶか》しげな顔つきになった。

「いきなりだな。何かあったのか？」

「個人的な事情です。急ですけど、長くとも勤務は今週いっぱいにしていただきたいんです」

「今週いっぱいっておまえ、いくら何でも急すぎないか？」

渋面になった店長は、そこから慎を引き留めにかかった。

口下手な慎にできることと言えば、譲らず押し通すことだけだ。最終的には店長が匙《さじ》を投げて、呆れたように言った。

「仕方ないなあ……その代わり、週末までは来いよ」

もう一度、礼と詫《わ》びを口にして、慎は鞄を抱えて店を出た。

駅に向かう途中、プリペイド携帯に新着メールが届いていると気がついた。差し出し人は加藤で、時刻はカフェの閉店間際になっている。

――ごめん、仕事関係で急用が入った。悪いけど、今日の夕飯は適当にしてもらっていいかな？　帰りは遅くなるかもしれないから、玄関のバーロックだけ外しておいて。

一読して、一気にテンションが落ちた。同時に、頭のどこかで好都合だと思う。

加藤の帰りが遅いのなら、今日中に荷物をまとめてしまおう。明日の朝、駅で別れてから自分だけ引き返して宅配便の業者に集荷を頼めば、加藤には気づかれずにすむ。

帰り道で二度、マンションに帰ってからも一度里穂子に電話してみたけれど、間が悪いのか繋がらなかった。子猫の世話をすませて弁当の夕飯を終えてから、慎は彼女に「話がある、また電話する」というメールを送っておく。そのあとで、駅のコインロッカーに寄るのを忘れていたと気がついた。

迷ったのは、数秒だった。上着のポケットにプリペイド携帯と里穂子の携帯電話を押し込んで、慎は部屋を出た。

わざわざバイト先まで持ってきてくれたものを、一晩放置する気になれなかったのだ。それに、出られなかった講義の内容が気になってもいた。

「華色」の最寄り駅でロッカーの中身を取り出して、マンションへ引き返す。電車に揺られながら開いたコピーの束には角張った糸川の文字が整然と並んでいて、眺めているうちにあの時言われたことを思い出した。

(できれば短くてもいいからメールくらいしてやってよ。あんたのこと、すげえ気にしてたみたいだったしさ)

「…………」

迷いながら、慎はプリペイド携帯を取り出す。新規メール画面を表示し、メモにあったアドレスを直接打ち込んでから本文を入れていく。

——根岸が責任を感じるようなことじゃない。こっちこそ、迷惑ばかりでごめん。もう、全部忘れていいよ。

それ以上の言葉は、思いつけなかった。仕上がったメールを何度も確認し、電車を降りたあとで送信ボタンを押した。

改札口の上にある時計は、そろそろ午後十一時を回るところだ。里穂子への連絡は明日に持ち越すしかないと諦めて、人通りのない道を歩き出す。

……慎が根岸と知り合ったのは、最初に入った大学で初めて講義を受けた時だ。たまたま隣の席にいた彼から声をかけられた。

(今日の講義、最後まで一緒なんだ？　お近づきのしるしに一緒に昼メシ食おうよ)

そう言って笑った根岸は人当たりのいい明るい性格で、友人知人も多かった。どういうわけかたびたび慎に声をかけてくれて、当然のように人の輪に入れてくれた。

中学でも高校でも、親の強引な勧誘が原因で友人知人から疎遠にされていた慎にとって、久しぶりにできた「友人」だったのだ。

楽しかった時間は、けれど半年間で終わりを迎えた。

大学生活最初の夏休みが終わりにさしかかった頃に、行方を暗ましていた兄がふらりと慎のアパートに顔を見せたのだ。

両親はどうしたのかとの問いに答えず、兄は自分が帰ってきたことは親類や知り合いに言うな、しばらく置いてくれと頼み込んできた。気持ちを入れ替えて働きたい、職場が見つかったら自分で挨拶に行くと言われて、慎はその言葉を信用した。

兄が戻ってきてくれるならと、思ったのだ。もしかしたら両親も帰ってきてくれるかもしれないと、期待してしまった。

信用も期待も、あっさりと裏切られた。兄が消えたあと、連絡してきた友人たちの中で、もっとも高額の被害を被ったのが根岸だったのだ。

(どういうことだよ、それ)

信じられない、という顔をした根岸は、どこからか慎の家庭の事情を——両親や兄がかつて同じように周囲の人から金を集めて消えていたことを知ったようだった。

(何も知らないなんて、そんなわけないだろ！　本当はグルだったんじゃないのかよっ)

反論の余地はなかったから、非難は甘んじて受けた。——そのつもりがあろうがなかろうが、兄が慎を介して友人を知ったことに変わりはない。謝ってすむことではないと知っていたから、返金したあとは意図的に彼らとの連絡を断った。

兄や両親に対してわずかに残っていた気持ちは、あの時にすっぱりと切り捨てた。信じた気持ちを裏切られるのがどれほど苦しくやりきれないかを、「それをやった」立場と「そうされた」立場の両方で思い知らされた。

両親も兄も、人を騙して金を巻き上げて逃げるような人間だった。いくら縁を切ったつもりでも、いつまた彼らが現れるか知れない。

だから、もう二度と親しい友人は作らないと決めたのだ。周りの誰とも距離を取って、必要以上近づかないように過ごしてきた。

（一緒に帰ろうか。駅の改札口で待っててていい？）

数時間前の、加藤の笑顔を思い出す。頭を撫でられた時の手のひらの重みが、くっきりとよみがえった。

呆れるくらい人が好くて、優しい人だ。そんな人を好きになったところで、最初から叶うはずがなかった。

同性で、かなり年が離れている。それだけで、きっと慎など対象外だ。そもそも、アルバイトで「誘惑」するはずだった相手に――陥れるつもりの相手に恋愛感情を抱いてしまうなど、本末転倒でしかない。

絶対に叶わない、むしろ叶ってはいけない恋だ。ぽつんと胸に落ちた認識に、気持ちの底が抉《えぐ》られたように痛くなった。

……あの時の根岸は、今の慎以上に辛かっただろう。そして、慎がやったことを加藤が知ったら――利用するためだけに近づいたとバレてしまったら、加藤はきっと心底厭な思いをする。今は、何よりそれが恐ろしかった。


帰り着いたマンションの部屋は、玄関もリビングも暗かった。

玄関先の明かりを灯しながら、加藤の不在を寂しいと感じたことに驚いた。同時に、いつの間にか過剰に甘ったれになっていた自分を思い知る。突き当たりのドアの向こうで鳴く声に呼ばれてリビングに行くと、待っていたように寄ってきた子猫を抱き上げた。小さく鳴いてしきりに頭を擦《こす》りつけてくるまりもを撫でながら、慎はリビングのソファに腰を下ろす。

今は、「ひとり」になりたくなかったのだ。

その時、静寂を破るように電子音が鳴った。里穂子からだと音で悟って、慎は鞄から青の携帯電話を取り出す。

『急だけど、証拠が必要なの。明日か明後日までに用意してくれない？』

前置きもなく言われて、慎はきつく眉根を寄せる。慎重に訊いた。

「……具体的に、どういうのが証拠になるんだ？」

『携帯で、ふたりでいるところの写真を撮ってきて。ちゃんと夜這いでもしてね。どうしても自信がないんだったら、酔いつぶして服脱がせて一緒のベッドで寝ちゃえばいいのよ。それだったら、身に覚えがないなんて言えないだろうし』

そんな簡単なものじゃないだろうと思うと同時に、里穂子の声に焦りを感じた。

「――あんた、本気かよ」

『今ごろ何言ってるのよ。とにかく、あたしは急いでるの。もたもたしてると勝手に話が進んじゃうわ。今日なんて、結納の日取りだの結婚式がどうのって話まで出てるし』

「加藤さんに、本当のことを話す気は？」

『あるわけないでしょ。言ったところで無駄よ』

即答を聞いて、覚悟が決まった。膝の上で丸くなった子猫をそっと撫でて、慎は言う。

「……わかった。じゃあ、明日。午後一時に、うちの大学の十号館わかるかな。キャンパスの端になるんだけど、建物の中庭にひとつだけ木製のベンチがあるからそこまで来てほしい。あそこなら人気もないし、落ち着いて話せると思う」

『わざわざ、そんなところまで？　いつものカフェでいいじゃない』

「内容が内容だし、人目につかない方がいいだろ」

慎の言葉に訝しげに「ふーん」と言って、里穂子は了解する。もう一度、きちんと「証拠」を用意するよう念を押し、向こうから通話を切った。

折り畳んだ携帯電話を手の中に握り込んだ時、玄関の方でかしゃんと金属質な音がした。もしやと思い子猫を抱いたままで廊下に続くドアに近づいて、慎はそこが数センチ開いていたことに気づく。だからはっきり音が聞こえたのだと納得して廊下に顔を出すと、ちょうど玄関先から加藤が上がってくるところだった。

「お帰りなさい。お疲れさまでした」

ぎりぎりのタイミングだったと、今さらにほっとしながら声をかけた。加藤がいつもの笑顔を見せてくれるのを、泣きたいほど嬉しいと思う。

「ただいまー。あと、毎回約束破ってばかりでごめん。反省します」

「そんな、気にしないでください。お風呂、すぐ支度しますね」

「ん、僕はいいよ。どうしても今日中に仕上げなきゃならない書類ができたんだけど、風呂に入ると何もせずに寝そうだし。終わったら適当にシャワーでもするから。ああ、でも末廣くんは今日もバイトと大学頑張ったんだから、ちゃんと湯船に浸《つ》かるんだよ？」

いつもの笑顔とともに、ぽんと頭に手を置かれた。ぐりぐりと慎の頭を撫でたあとで気がついたように子猫をつついて、加藤は寝室に入っていってしまう。

目の前で閉じたドアを見つめながら、これが最後なのにと思うと息苦しくなった。

――加藤には事後承諾の形で、慎はここを出ていくことに決めていた。

先に話をして引き留められたらきっと、断りきれなくなる。だからといって、あっさり「そう」と笑って終わってしまうのを目の当《ま》たりにしたくはない。

加藤にここを出ていくと告げるのは、荷物をすべて運び出してしまって、後戻りできなくなってからだ。それならきっと、何を言われてもやり過ごせる。そう思った。

17

後悔先に立たず、という。

使い古された言葉だけれど、昔の人はよく言ったものだ。やってしまってから後悔しそうなことなど、最初からするものじゃない。

翌日、午前中に必要な用事をすべてすませてから、慎は大学に向かった。

大学キャンパスの端にある十号館の中庭はきちんと手入れされていて、五月末の今はそこかしこで色とりどりの花が咲いている。にもかかわらず人気がないのは、おそらく奥まったわかりづらい場所にあるせいだ。

慎が約束したベンチの前に着いた時、里穂子はすでにそこに腰を下ろし、退屈そうに頬杖をついていた。

「写真は？　ちゃんと撮れた？」

言うなり、彼女はずいと手を差し出してきた。

あえて返事はせずに、慎はその手に借りていた青の携帯電話を乗せた。

すぐさまフラップを開いて、里穂子が操作を始める。ボタンを押す指がいったん止まったかと思うと、今度は癇性《かんしょう》に早くなった。小さな画面を見る里穂子の眉間に皺《しわ》が寄り、表情がきつくなっていく。険しく慎を見た。

「何、これ。写真なんて一枚もないじゃない」

「……操作方法、知らないんだ。使ったことないし」

「どういうことよ。じゃあ何で呼び出したの。取扱説明書でも寄越せってこと!?」

「そんなものいらない。何を言われても写真は撮らないし、証人の真似事をする気もない」

訥々と告げた慎に、里穂子は柳眉《りゅうび》を逆立てた。携帯電話を握ったままで、声を高くする。

「待ちなさいよ！　それですむと思ってるの⁉　言ったわよね、ちゃんとできないんだったら前期分の授業料は返してもらうって――」

「これ。確認してくれる？」

事務的に言って、慎は里穂子に封筒を差し出した。受け取る様子もなく眉を寄せて見ている彼女に、事務的に告げる。

「午前中に、荷物をまとめて加藤さんのマンションから出てきた。もう、戻る気はないから」

「……ちょっと、どういうこと⁉」

「『華色』のバイトも、今週いっぱいで辞めるって伝えてある。――加藤さんにはお世話になった分のお礼をするけど、手渡しじゃなく宅配便で送るから、もうおれと加藤さんが個人的に会うことはないよ」

「――――」

ぽかんとしていた里穂子が、思い出したように慎の手から封筒を引ったくる。折り曲げただけの封を開いて中身を引き出すと、呆れたように言った。

「何よ、これ。どう見たって足りないじゃない」

「一括は無理だから、月々で返済させてほしいんだ。振り込み先を教えてもらえれば、そっちを煩わせることもないから」

「厭よ。納得できないわ。アルバイトを放り出すって言うんだったら、今すぐに全額返して。できるんだったら、だけど？」

ベンチに座ったままでじろりと視線を向けられて、慎は黙って見返した。封筒を突き返すようにして、里穂子は強い口調で言う。

「お金、用意できないんでしょう？　もし無理に用意したとして、あなた大学はどうする気なの。後期の授業料だって必要なんでしょう。これからアパート探して引っ越したら、また余分にお金もかかるわよね？　もしかして、例の高垣先生におねだりでもするわけ？」

「大学は辞める。――今日の夕方にでも高垣先生に会って、許可を貰う」

「だから、どうしてそうなるのよ⁉　あなた、大学は辞めたくないんでしょう。だからあたしのアルバイトを受けたんじゃなかったの？　言ったでしょう、あの人を誘惑して既成事実を作ってくれたら、後期の授業料も出してあげるって」

「加藤さんを騙して陥れるような真似をして、勉強を続けるのは厭なんだ」

言い募《つの》る里穂子を眺めながら、言葉はすんなりと口から溢《あふ》れていた。虚を衝《つ》かれたように目を見開いた彼女に、慎は続けて言う。

「大学には残りたいし、勉強もしたい。けど、そもそも授業料を払えなくなったのは引ったくりに遭ったせいで、おれの注意が足りなかったんだから自業自得だ。だから、最初にこのバイトを引き受けたこと自体が間違ってたんだと思う」

「――――」

「あんたも、もう止《や》めた方がいいよ。そういうやり方は卑怯《ひきょう》だし、人に迷惑をかけるだけだ。昨夜も言ったと思うけど、ちゃんと加藤さんと話をしなよ。あの人だったらちゃんと聞いてくれるし、考えてくれると思う。あとはちゃんと彼氏さんと話し合って、これからどうするか考えてみたら」

「ちょっと、待ってよ……」

小さな声で震えるように言ったかと思うと、里穂子は足許を蹴るように腰を上げた。慎をねめつけて、ぴしゃりと言う。

「あなた、本気で馬鹿なんじゃないの⁉ どうしてそうなるのよ！ あたし、知ってるのよ。あなた、本当はあの人のこと好きでしょう⁉」

「――――」

図星とはいえ予想外のことを言われて、声を失った。思わず一歩下がった慎を追いつめるように、里穂子はずいと前に出る。

「だったら便乗しちゃえばいいじゃない！ 薬でもお酒でも人手でも言ってくれたら全部手配するし、いっそのことあの人を呼び出してホテルかどこかでふたりきりにしてあげてもいい。そういう気持ちはないの。このまんま、諦めていいの⁉」

「……それ、やったところで意味ないだろ」

ため息混じりの言葉は、掛け値なしの本音だ。何か言いかけた里穂子を手振りで制して、慎は続ける。

「おれは確かに加藤さんが好きだよ。男同士でこういうのはおかしいってわかってるけど、恋愛感情だと思う。けど、好きだったら何をしてもいいって理屈は通らない。加藤さんがどうするかは加藤さん本人が決めることで、他人がどうこう言うことじゃない。嘘をついて騙すのも、陥れるのも卑怯だ」

「………………」

何を思ってか、慎を見たまま里穂子が黙る。さらに一歩近づいたかと思うと、上目に睨むようにして言った。

「だったら、あたしが何もかもバラすって言ったらどうする？」

え、と瞬いた慎を睨むようにして、里穂子は続けた。

「全部、あの人に暴露してあげる。あなたがあの人に近づいた理由も、あなたと高垣先生がどういう関係かも。そんな卑怯な真似をしたんだもの、いくらお人好しのあの人でもあなたに呆れるだろうし、軽蔑するでしょうね。そうなってもいいの？」

「――――」

しばらく、言葉が出なかった。

迷いはなかったけれど、答えを口にするには振り絞るような勇気が必要だった。胸の底で増した重みと、今朝にも見た加藤の笑顔を思い出して、慎は口を開く。

「いいよ。あんたの好きにすれば」

とたんに顔を歪めた里穂子が、ベンチに引き返してバッグを探る。大判の封筒を、押しつけるように渡してきた。見るように言われて中身を引き出して、慎は大きく目を瞠る。

束になって入っていた写真の中、目についたのはいつかの――部下だと言っていた女性と加藤が腕を組んで歩いているものだ。他にも、見知らぬ女性が腕に絡みついていたり、しなだれかかったりといった、親密そうな写真ばかりだ。さらに言うなら、その中には慎が知らない女性も複数混じっていた。

その写真全部に、何となく違和感を覚えた。知らず眉を顰めた様子をどう思ったのか、里穂子は得意げに言う。

「あたしが雇ってるのはあなただけじゃないの。あなたが今になってあの人から離れたところで使えそうな写真はいくらでもあるし、話をでっちあげるのは簡単よ。どうせだったら協力した方が、あなたには得だと思うけど？」

「……ああ」

じっと写真を見つめたまま、ようやく慎は何が違うのかに気がついた。

加藤の表情が、硬いのだ。ほんのかすかな、気のせいかと思うほどの差違だけれど、慎を見る時の加藤は写真よりも柔らかくて優しい顔をしていると思う。

だったら、もしかしたらほんの少しくらいは、加藤も慎を好いていてくれたのかもしれない。思い込みにも似た、自分に都合のいい解釈だと知った上で、慎は今だけはそう思わせてほしいと願った。

「じゃあ、おれはあんたの伯父さんに暴露しようかな。あんたがおれを雇って何をさせようとしたかを全部。あんたが本当は彼と別れてないし、今後別れる気がないことも」

ゆっくりと口にすると、里穂子が表情を変えた。信じられないとでも言いたげに、慎を見つめている。

「……あなた、あたしを脅す気なの？」

「あんたが何もしないなら、おれもやらない。けど、この写真とかおれを使って加藤さんに濡《ぬ》れ衣《ぎぬ》を着せるつもりなら、話は別かな」

「無理でしょ。そんなの、どうやってするのよ？　使ってた携帯はここにあるし、あなた、何の証拠も持ってないでしょう」

呆れたように言う里穂子に、慎はちょっと笑ってみせる。

「ここに来てからの話は全部録音してるよ」

「録音!?　そんなの、どうやって」

「借り物の携帯電話に、そういう機能があったんだ。取扱説明書を見て、覚えてきた」

言って、慎はまっすぐに里穂子を見た。

「おれが連休前に引ったくりに遭って金を奪《と》られたのは警察が知ってるし、自力で前期の授業料出せるはずがないのは調べればすぐわかる。バイトの報酬としてあんたから貰った金で払ったって言えば、信憑性《しんぴょうせい》はあるんじゃないか？」

あっさり言うと、里穂子は目を剝《む》いた。

「あなた、正気なの？　そんなことしたら、あなただってただじゃすまないわよ。あたしが、あなたにお金を脅し奪られたとでも言ったらどうなると思うの？」

「それも含めて、調べてもらえばいいんじゃないか。おれがあんたのバイトを受けたのは事実だし、加藤さんに軽蔑されるのは自業自得だから文句を言う気もないよ。――加藤さんに濡れ衣をかけるよりは、ずっとマシだから」

18

「……気持ちは嬉しいんだけど、それより黙って出て行かないでほしいんだけどなあ」

ふいに別の声が割って入ったのは、その時だ。ぎょっとしたのは慎も里穂子も同じで、揃って周囲を見回していた。先ほどまで里穂子が座っていた木製ベンチの背凭れの向こう、慎の腰ほどの高さにきれいに刈られた生け垣の陰から、ひょっこりと人影が顔を出す。

加藤さん、と呼んだはずの声は音にならなかった。あまりのことに呆然とした慎をよそに、加藤は平然と生け垣を越えてくる。何で、どうしてこんなところに——という疑問はしかし、間の抜けた言葉になった。

「そこ、立ち入り禁止なんですけど……」

「え、本当？　どこかに書いてあったっけ？」

「書いてはありませんけど、用務員さんが毎日丹誠してるんです。根っこを踏んだら木が弱るって、いつも」

「うわ、そうなんだ？　悪いことしたなあ……謝った方がいいんだろうけど、部外者がここまで来てると叱られたりする？」

飄々《ひょうひょう》とした問いとともに見慣れた笑顔を向けられて、慎はようやく我に返った。今さらのように怯《ひる》んで、加藤から一歩離れる。

「……あの、加藤さん、何でここに」

「うん？　んー、大事な用事がね。——で、話の邪魔して悪いけど、濡れ衣がどうこうっていうのは無用だと思うよ。見合い話は正式に断ったから」

けろりと言われて、固まったような沈黙が落ちた。

「——……断った、って……どういうこと」

最初に口を開いたのは里穂子だ。作りものじみて硬い顔の中で、目だけがやけに鋭く加藤を――加藤と慎を見据えている。慎はといえば、言葉は聞き取ったものの意味がうまく理解できずにぽかんと加藤を見上げるばかりだ。

「言った通りの意味。そもそもこっちは話が来た時点で断ってたんだよ。どうやら、社長や専務は僕が遠慮していると思ってたらしいけどね」

「………」

「真偽のほどを疑うなら、社長か専務に訊いてごらん。誤解の余地がないように話したから、今度はちゃんと理解されてるはずだ。――ということで、末廣くんは僕が引き取ります。立てる？」

気遣う声とともに引き起こされて、いつの間にか自分がしゃがみ込んでいたのを知った。思いも寄らない展開に啞然《あぜん》としていたせいか、足許がたたらを踏む。ぐらりと崩れたバランスにひやりとしたとほぼ同時に、腰ごと強く抱き寄せられる。はずみで、加藤の胸許に顔を押しつける形になった。鼻先をふわりと掠《かす》めた煙草の匂いが泣きたいほど懐かしくて、そんなにも近くにいるのだと思うだけで動けなくなった。

「大丈夫かな。足首とか、捻《ひね》ってない？」

慌てて首を横に振った。その時、背後から低い声がする。

「あなたから、断ったの？　あたしとのお見合いを？　何でよ!?」

「断る理由はひとつでしょう。僕はきみと結婚する気はないんですってこと」

けろりと言う加藤の手がさりげなく慎の頭を押さえて、彼のシャツに顔を押しつける形になっている。抱き寄せられた腰から衣類越しに伝わってくる体温に、勝手に顔が熱くなった。

「あ、なた馬鹿なんじゃないの⁉　知らないのかもしれないけど、伯父さんはあなたを幹部とか跡取り候補に考えて、だからあたしとのお見合いを言い出したのよ！　断ったりしたら全部なかったことに」

「知ってるよ。最初の時点で全部聞いてる。けど、その気になれないものはどうしようもないでしょう」

「その気になれないって、……あなた、ちゃんと意味がわかって言ってるの⁉」

平然としている加藤とは対照的に、里穂子の声が一気にテンションを上げていく。気になって離れようとすると、かえって腰と頭を抱き込んでいた腕が強くなった。途方に暮れて動きを止めるなり宥めるように頭を撫でられて、慎は息を潜めてしまう。

「あー……あいにくだけど、僕はそこまでして幹部とか跡取りになる気はないんだよね。それに、さっきの話だときみも僕と結婚したくはないみたいだし。ここはお互い好都合だったってことでいいんじゃないかなあ」

「好都合ってどこがよ⁉　あなた、あたしのどこが気に入らないって言うの⁉　まさか、あたしよりその人の方がいいだなんて言うつもり⁉」

いきなり、とんでもない方向に話が飛んだ。ぎょっとして目を向けた慎に気づいたのか、

加藤が視線を落とす。これまでになく近い距離で目が合って、心臓が大きく音を立てた。

狼狽えた頭を、ぽんと撫でられる。咄嗟に俯いたせいで加藤の表情は見えなかったけれど、笑うような気配を感じた。

「わかってて訊くのは野暮だよね。見ればわかりそうなものだけど」

「あ、あなたたちどっちも男じゃない！　そんなのおかしいわよ、変態と一緒よ！」

「論旨がころころ変わる人だなあ……確かきみ、さっきは彼に僕とくっつくようにしつこく言ってなかったっけ？」

頭上で、加藤がため息を吐くのが聞こえた。それへ、彼女は嚙みつくように続けて言う。

「あなた、知らないでしょう。その人ってあたしが差し向けたのよ。あなたに近づいたのも親しくなったのも、あたしがあなたを誘惑するように言ったからで」

「ああ……知ってたよ」

即答に、慎は額を加藤の肩に押し当てたままで絶句する。近くで里穂子が息を呑むのが聞こえた。

「きみが差し向けたのって末廣くんだけじゃないよね？　ネズミ講で声かけてきたふたり組とうちに新しく入った契約社員と、この間からしつこくしてくる弁当屋の女の子と、ほかに何があったかなあ……まあいいけど、いろいろ僕に仕掛けてきてるよね。どこの誰かと思ったら、あれ全部きみの差し金だったわけだ」

いったん言葉を切ったかと思うと、しみじみとした声が続いた。

「傍《はた》迷惑なお嬢ちゃんだなあ。社長と専務に、一言忠告しておくべきだったかもしれないな」

「だ、れがお嬢ちゃんなのよ、失礼ね！　あと、あなたがその人を気に入ってるなら追加で教えてあげる。その人、ここの大学の、高垣教授の愛人やってるわよ。学内でも有名な話だから、疑うんだったら訊いてみたらいいわ！」

吐き捨てるような声を耳にするなり、反射的に身を縮めていた。

慎の頭を撫でるように動いていた加藤の指先が、ふと止まる。ついで聞こえた彼の声は、初めて耳にするほど低かった。

「……前言撤回かな。相手が誰でも見合いする気はなかったんだけど、今、つくづく断ってよかったと思ったよ。まさか、ここまで根性の曲がったお嬢ちゃんだとはね」

「な、に、――ひどい、言い方……」

「ここまで言ってもわからないようなら、詳しく説明するのは時間の無駄だ。――仕事なら考えるけど、今はそうじゃないしね」

里穂子に答える声が、いつものトーンを取り戻す。

笑みを含んだ軽い物言いに、慎は戸惑ったけれど里穂子はむっとしたらしい。

「それが本性なのね。ふだんは猫を被《かぶ》っていい人の振りをして、周りを騙してるってわけ」

「人聞きの悪いことを言うなあ。僕が誰を騙してるって？」

「その人なんか、ずっとあなたを庇《かば》ってばっかりよ。いい人だから事情を話して相談してみればいいい、って。そんなわけないわよね。本当にいい人だったら、由利子《ゆりこ》姉さんだって駆け落ちなんかしたりしなかったはずだものね！」

瞬間、加藤が身動《みじろ》いだのが伝わってきた。ややあって、少し呆れたように言う。

「いきなりそう来るかー。由利子さんに対して失礼な言い方だなあ」

「わかったふうなこと言わないでよ！　姉さんがいなくなった時に平然としてたくせに！」

「へえ？　そこは気がついてたわけか。僕も修行が足らないなあ。ま、最初から知ってたんだから、平然としてても仕方がないと思ってほしいんだけど」

「知ってたって……何なの？　どういうこと!?」

里穂子の声が、強くなる。いつか彼女から聞いた「従姉」の話を思い出して、慎は思わず顔を上げた。とたん、間近にいた加藤ともろに目が合う。いつもの笑顔で促されて、加藤の前から真横に移る形にされた。

もっとも、相変わらず腰は抱き寄せられたままだ。少しでも離れようとすると、すぐさま拘束が強くなった。

「今なら知られてもいいか。――結婚式当日に彼女が式場から逃げる手引きをしたの、僕だよ。彼女のご両親や親族はかなりピリピリしてたけど、僕相手には心配も警戒もしてなかったからね。用意しておいた着替えを渡して別の結婚式の招待客を装わせて、迎えにきた彼に引き渡した」

「…………」

ぽかんと口を開けた里穂子を面白そうに眺めて、加藤は言う。

「結婚式の三日前に、彼女から直接話を聞かされたんだ。申し訳ないけど、他にとても好きな人がいる。彼とのことは両親に反対されているけど、別れるつもりはないから僕とは結婚できない。結婚式の前に逃げるつもりだからごめんなさいと謝られた。——ちなみに当日の式直前に逃げたらどうかと勧めたのも、彼との間の橋渡しをしたのも僕だよ。実際、彼女は家では見張られてて、ろくに外出もできない状況だったしね」

「……あなた、正気なの？　結婚式の三日前に聞いたって、だったらいくらでも邪魔できたじゃない！　だいたい、自分の婚約者が他の男と逃げるのに協力する人なんている⁉」

「今、きみの目の前にいるけど？」

気色《けしき》ばんで言う里穂子を面白そうに眺めて、加藤は肩を竦める。

「彼女は、家や立場を捨ててでも彼と一緒にいたい。彼にも、全部投げ出して彼女と一緒に遠くに行く覚悟がある。——僕は彼女に対して結婚しようと思うくらいの好意は持ってたけど、何もかも捨てられるほどの情熱や覚悟はない。だったら張り合ったところで無駄だよね」

「無駄、って」

「由利子さんが好きなのは、僕じゃなく彼だ。だから、白旗を上げて協力することにした。以上、何か問題でもある？」

何度も瞬いて、慎は加藤を見つめる。視線に気づいたのか、こちらに目を向けた彼が小さく笑った。

「由利子さんは、潔かったよ。本当に何もかも捨てて、身ひとつで彼についていった。——きみは、ずいぶんと往生際が悪いみたいだけど」

黙り込んだ里穂子に目をやって、加藤は静かに続ける。

「今、つきあっている彼がいるから親が決めた相手とは結婚したくない。そういう気持ちまで否定する気はないけど、金にもの言わせて見合い相手を陥れるってやり方はかなり陰湿だし根性悪いよね。要するに、きみ自身は彼と一緒にいるための努力をする気はなく、彼のために自分が持っているものを捨てる気もない。自分を安全圏に置くためにリスクを全部人に押しつけて、あげく思い通りにならなかったら他人を脅迫するわけだ。つくづく、いい性格してるよなあ」

「……ずいぶんな、言い方をするのね。何も、知らないくせに」

「でも、事実だよね？　僕は断ったからいいようなものの、次にきみと見合いさせられる男がつくづく気の毒だと思うよ。きみの都合に振り回されたあげく、とんでもない濡れ衣まで着せられるわけだ。……その結果、相手が会社を解雇されたり降格されたりする可能性を、きみは考えたことがあるのかな。きみの彼がそんな目に遭ったらどう思う？」

「――――」

とたんに顔色を失《な》くした里穂子が、大きく目を見開くのがわかった。あえてそうしたのか、聞こえるようなため息をついて、加藤はぽつんと言う。

「お見合い相手のよしみで、ひとつ教えてあげよう。自分から取りに行かない限り、欲しいものは手に入らないものなんだよ。――……末廣くん、帰ろうか」

声とともに、抱かれた腰ごと背を押された。優しいのに有無を言わさない強引さで、里穂子に背を向けてしまう。直後、思い出したように里穂子を振り返った。

「ああそうだ、末廣くんのバイト代の残金は僕が出すから、振り込み先だけ連絡してくれる？　どうせ、こっちの連絡先は知ってるんだよね」

「な、……んであなたが、そんなの」

呻《うめ》くような声が気になって振り返ろうとすると、やんわりと頭を押さえられて先へ歩くよう促された。加藤にしては珍しい強引さに逆らう気になれずに、慎は肩を押されるようにして中庭を突っ切る。

場の雰囲気に呑まれたように、言葉が出なかった。十号館から最も近い西門からキャンパスの外に出たあとで、慎はようやく背後の人を振り仰ぐ。

「加藤さん、あの、お金はおれが自分で」

「それも含めて、話があるんだ。場所を変えてきちんと話そう」

ね、と覗き込んできた顔はいつも通り穏やかだったのに、腰に回った腕の力は怖いほど強い。その落差にたじろいでから、気がついた。

できれば知られたくなかったことを——慎がやろうとしていたことを、全部聞かれてしまったのだ。何の話かと思うだけで、身体より先に気持ちが竦んだ。

「か、加藤さ……おれ、今日はまだ講義があっ……」

「さっき、大学は辞めるって言ってたよね。だったら出ても出なくても同じじゃないかな」

声や表情がいつも通りなのが、かえって怖かった。

加藤の合図で歩道に寄せて停《と》まったタクシーの、後部座席のドアが開く。有無を言わさない態度で奥に押し込まれ、すぐ隣に加藤が乗ってきた。耳に入った住所は、今朝まで慎も暮らしていた彼のマンションのものだ。

逃げ場を奪われたと悟って、身の縮む思いがした。

19

タクシーがマンションの前で停まったのは、午後二時半を回る頃だった。

車を降りる時に慎の手首を摑んだ加藤は、マンションのエントランスから入る時もエレベーターに乗った時にも、その手を離そうとしなかった。人目が気になって訴えても、動じる素振りもなく涼しい顔をしている。結局手を繋いだままで、慎は六階にある加藤の自宅に連れ込まれた。

靴を脱ぐ間にも慎の手首を握っていた加藤が最初にしたのは、玄関横の和室の引き戸を開けることだ。一瞥《いちべつ》して、呆れたとも感心したともつかない声で言う。

「見事だなあ。本当に空っぽだ」

いたたまれない気持ちで、慎は自分と加藤の足許を見ていた。

和室に何もないことは、慎が一番よく知っている。今朝、駅で加藤と別れてすぐに引き返し、最後の荷造りをすませて宅配業者に預けてしまったからだった。

「どこの業者に頼んだのかな。引っ越し便じゃなくて宅配便だよね？　伝票はある？」

軽く身を屈《かが》めた加藤に近くから覗き込まれて、反射的に全身が竦んだ。

加藤が、真顔でこちらを見ていたのだ。いつでも笑っているような人だったからか、表情から笑みが消えると別人のように雰囲気が違った。

「……す、みません。ごめんなさい、おれが悪かったです。あれだけよくしてもらったのに、ろくでもないことばっかりで」

「謝らなくていいから、伝票を見せてくれないかな。失くしたわけじゃないよね？」

穏やかだけれど強い声に遮られて、逆らいきれなくなった。斜めにかけていた鞄を片手で探って折り畳んだ伝票を取り出すと、躊躇いがちに差し出す。

「ありがとう。ちょっと見せてもらうね」

受け取った加藤が、伝票を広げて一瞥する。畳み直して返してきたかと思うと、上着のポケットから取り出した携帯電話を操作した。耳に当て、しばらく待ってから言う。

「ああ、すみません。今日の午前中にそちらに荷物をお預けした末廣といいます。申し訳ないんですが、お預けした荷物の中身を間違えてしまったので、先方には届けずにこちらに引き取りたいんですけど」

え、と思わず声を上げていた。「あの」と言いかけたのを手振りで制された慎が何が起きたのかと思っている間に、加藤は電話の相手にこちらの住所氏名と届け先――高垣の住所氏名と伝票ナンバーまで伝えてしまっている。

「……ああ、でしたら今日明日にこちらが営業所まで引き取りに伺いましょうか。料金はその時に支払いますので。ええ、よろしくお願いします」

てきぱきと言って、加藤は通話を切ってしまった。予想外の成り行きに啞然としていた慎を見下ろして、にっこりと笑う。

「ここで立ったままっていうのもあれだし、リビングに行こうか」

「あ、あの――電話……荷物を引き取る、って」

「それはそうでしょう。僕はきみが出ていくとは一言も聞いていないし、納得もしていないからね」

言うなり、加藤は大股に歩き出した。相変わらず摑まれたままの手首を引かれて、慎はリビングに連れ込まれる。

座っているように言われたけれど、とてもそんな気にはなれなかった。もう二度と戻るはずのなかった日当たりのいいリビングのソファの片隅で、子猫が丸くなっている。物音で目が覚めたのか、頭をもたげて慎を見たかと思うと小さくにゃあんと鳴いた。

キッチンから灰皿を取ってきた加藤が、突っ立ったままの慎に苦笑する。肩を押すように促されて、慎は今朝も座ったソファに腰を下ろした。

「煙草を吸ってもいいかな？」

上着を脱いだ加藤が、ローテーブルの向かいのスツールに腰を下ろして言う。慎が頷くのを待って煙草に火を点《つ》け、ゆったりとくゆらせてから、おもむろに口を開いた。

「ええとね……そうだなあ、まずはどうして急に出ていくことにしたのか、理由を説明してもらっていい？」

柔らかい声音が、いつもとは違って聞こえた。状況を思えば無理もないことだと、慎は腹を決める。言葉を選んで言った。

「……加藤さんの、変則勤務は終わったみたいだし。まりもも落ち着いて、加藤さんに懐《なつ》いてるし……だったら、おれがここにいる理由も必要もないです」

「ああ、なるほど。で、高垣先生のところに行くことに決めたわけだ。ちなみに自分で決めた？　もしかして、高垣先生から何か言われたのかな？」

「……出ていくことは、自分で決めました。高垣先生には前のアパートを出たのを知られて、事情を訊かれたんです。説明したら、知り合ったばかりの人に迷惑をかけるより自分のところに移るように言われました。それで——おれが加藤さんに甘え過ぎなのも、ここにいられる立場じゃないのも事実だから」

訥々と続けた言葉を聞きながら、加藤は慣れた仕草で襟許のネクタイを緩める。ついでのようにワイシャツの一番上のボタンを外しながら、小さく頷いた。

「そっかー。まあ、確かに一理あるかなあ。——ところで、高垣先生はどうしてそこまでできみを気にかけるのかな？　授業料の援助にしろ住む場所の心配にしろ、大学教授がいち学生をそこまで気にかけて支援するのは、あまりふつうのこととは思えないんだけど」

(その人、ここの大学の、高垣教授の愛人やってるわよ)

低い声の奥に、含みを感じた。同時に耳の奥に先ほどの里穂子の言葉がよみがえって、ざあっと全身が粟立《あわだ》つような錯覚に襲われる。

「高垣先生は、亡くなった叔母——おれの母親の妹の旦那さんなんです。一応親類だから、気にかけてくださっているだけです。授業料の援助も実際は奨学金としての貸与なので、卒業したら返済する約束をしています」

「奨学金としての貸与？　それは最初から？」

「……今の大学は、二度目の受験で入ったんです。高校からストレートで入った大学では確かに公的な奨学金を受けていたんですけど、いろいろあって半年で自主退学しました。いったん就職も考えたんですけど、どうしても勉強が続けたくて、貯金してもう一度受験しようと思ってて」

いったん言葉を切って、慎は慎重に続ける。

「その頃に、高垣先生と顔を合わせる機会があったんです。こっちの事情を知った先生が、本気で勉強する気があるなら助けようって言ってくださって」

「ああ。それで、甘えることにしたんだ？」

低い問いに、慎は素直に頷いた。

「高垣先生には、小さい頃に亡くなった息子さんがいたんですけど、生きてたらおれと同い年だったはずだから、それもあってのことだと思います。……里穂子さんが言ったことは根も葉もない出鱈目《でたらめ》なんです。間違ってもあり得ないし、そもそも先生に対して失礼です」

やっとのことで言い切って、自分の口下手さ加減が厭になった。

呆れられたり、嫌われたりすることには慣れている。むきになって反論したところで敬遠されることに代わりはない。どのみち行き過ぎるだけの相手なら——もう二度と顔を合わせることもない人なら、好きに思わせておけばいい。

両親と兄が「あれ」に染まって以来、慎はずっとそうしてきた。なのに、どうしても加藤にだけは誤解されたままで終わりたくなかったのだ。

加藤は、煙草を指に挟んだ手で頬杖をつき、じっと慎を見つめていた。視線が合うなり眼鏡の奥の目が笑ったように見えて、慎は安堵《あんど》する。

「……引ったくりに遭ったって言ってたよね。いつの話？」

「四月の、末です。連休前が期限だったから、高垣先生から授業料分のお金を預かって入金しに行く途中だったんです」

「それを丸ごと持って行かれたわけだ。警察には届けたって言ったよね。まだ犯人は見つかってない？」

低い声に誘導されるように、慎は頷く。

「何かあったら連絡がもらえることになってますけど、まだ何も。届けを出した時に、人相がほとんどわからないし手がかりもないから難しい、ようなことは言われました」

「そのタイミングで里穂子さんからアルバイトの話を持ちかけられた、か。なるほどね」

ため息混じりに加藤が煙草を揉《も》み消した時、キッチンで高い音がした。湯沸かしだと気づいて腰を浮かせかけた慎を制して、加藤はあっさりと席を立ってしまう。

「あの、お茶とかなら、おれが」

「いいからきみはその子を見てて。リクエストはある？」

「……すみません。何でもいいです」

落ち着かない気分で答えてから、子猫が傍にくっついていたことに気がついた。頭を撫でると、身体を捻るような伸びをして、ソファと慎の脚の間に顔を押し込んでくる。

とん、と近くで硬質な音がして、目の前に湯気の立つマグカップが置かれた。

「もうひとつ、疑問があるんだけど。きみの性格で、あの内容のアルバイトを引き受けるとは思えないんだよね。どういう状況でそうなったの？」

「……退学届をいつ出そうかと考えてた時に、大学で里穂子さんから声をかけられたんです。バイト代として前期分の授業料を出してやるって言われて、詳しい話を聞く前に入金をすませてしまって……あとで無理だと言ったんですけど、通るわけがなくて」

向かいのスツールに腰を下ろした加藤がテーブルの上にあった煙草に手を伸ばすのを見ながら、慎は慎重に言葉を探した。

「最初は個人的に親しくなればいいと言われてたから、何とかなるかもしれないと思ったんです。本当の目的がお見合いを壊すことだと聞いたのは最近になってからで、――確かに、親しくなるだけにしてはバイト代が破格だとは思ったんですけど」

「まあねえ。もっとも、里穂子さんもわざとそこは教えなかったんだろうけどね」

真新しい煙草に火を点けて、加藤は苦笑する。

「ところでこれは確認なんだけど。引ったくりに奪られた授業料が一年分で、里穂子さんがバイト代として出したのが前期分ってことで、間違いはない？」

「ないです」

「そっか。——さっき里穂子さんに渡した金はきみが自分で貯金した分かな？　足りないって、彼女は言ってたよね」

頷いて、慎は正直に言う。

「不足分は、これから就職して月々で返すつもりです。納得してもらえないようなら、カードローンとかで借ります」

「それはおすすめしないなあ。第一、きみは大学を辞めることを望んでるわけじゃないでしょう。本当に辞めたりしたら、間違いなく後悔するよ？」

告げられた言葉が、図星なだけに痛かった。俯いた頭の上に、静かに落ちてくる。

「勉強が好きでどうしても続けたくて、今の大学に入ったんだよね？　だから、あれだけバイトをしながら頑張ってきたんだろう？」

「……仕方ないです。自分の不注意で招いたことだから、ただの自業自得で」

「引ったくりに関してはきみは完全に被害者だから、不注意だとか自業自得っていうのは違うと思うよ。諦める前に、思いきって高垣先生に相談してみたらどうかな」

優しい声音に、慎は首を振った。訥々と言う。

「本当のことを言ったら、たぶん先生はお金を出してくれると思います。……けど、そこまで甘えるのは行き過ぎです」

「きみがそう思うのもわからないではないけどね。逆の考え方もありじゃないかな」

逆、という言葉に、慎は真正面に座る加藤を見返した。

「ここできみが大学を辞めたら、先生の厚意を無下にすることにならない？　僕が先生の立場だったら、ここは甘えてもらって卒業まで頑張ってくれた方がずっと嬉しいよ」

「……嬉しい……？」

「だってそうでしょう。先生はきみに勉強をしてほしくて援助したわけだから」

（そこまでやる気があるのなら援助しようと思った。他に理由が必要かな？）

ふっと思い出したのは、つい先日の高垣の言葉だ。

――たぶん、加藤の言うことは正しい。何かが落ちるように、慎はそう思う。

亡くなった叔母から聞いた話では、高垣は学生の頃にかなり苦労したらしい。実家が貧しく兄弟も多かったため、学生時代はひたすらアルバイトをし、時には食うや食わずで学費を捻出《ねんしゅつ》していたという。

知っているからこそ、余計に甘えられないと思うのだ。預けてもらった金を自分の不注意で失ったことを思えば、図々しいではすまないのは明らかだった。

俯いて口を噤んでいると、向かいで加藤が動く気配がした。

「じゃあ、折衷案でこういうのはどうかな。高垣先生のところに行くのもアパートを探すのも止めて、このままうちで暮らさないか？　猫の世話と家事の手伝いをしてくれたら、下宿代光熱費食費は差し引きゼロってことで。もちろん大学とバイト優先で構わないから」

「……え？」

顔を上げた慎を真正面からじっと見つめて、加藤は柔らかい口調で続ける。

「里穂子さんへの返済分と後期の授業料は僕が貸すから、月々の状況で返せる分だけ返してくれればいい。もちろん、僕は金貸しじゃないから利子は不要だ。家賃分のつもりで毎月に一定金額を返してくれたら、卒業までには全部終わると思うよ」

「――――」

告げられた言葉の意味が――どうして今、この人がそんなことを言い出したのかが、理解できなかった。

「無理です。そういうの、やめた方がいいと思います。おれみたいなのを家に入れるのは、よくないです」

「どうしてそうなるかなあ。丸十日以上、一緒に暮らした上での判断だよ。実際のところ、きみは真面目だし責任感もあって、ちょっと出来過ぎなくらいに律儀できっちりしてる」

「加藤さんは、おれを知らないからそう思うんです」

反射的に、そんな言葉が口から出ていた。とたん、加藤は眼鏡の奥の目を細めて笑う。

「そう？　これでも人を見る目には定評があるんだよ」

「さっきまでの話を思い出してください。おれは、加藤さんを騙して陥れるために近づいて、家の中にまで入り込んだんですよ」

「確かにそうだ。だけど、きみはそうするのを里穂子さんに対してはっきり拒否して、返金にも応じた。――今、大学を辞める話になってるのはそのせいだよね？」

即答されて、息が詰まるような気持ちになった。握りこんだ手のひらに爪《つめ》を立てて、慎はこれだけは言うまいと決めていたはずの内容を唇に乗せる。

「おれは、そんないい奴じゃないです。……本当のこと言いますけど、最初の大学を辞めた理由は金銭トラブルなんですよ。おれが兄貴と共謀して、友達から金を巻き上げたんです」

「それ、嘘だよね。主犯はお兄さんで、きみは巻き込まれただけだよね？」

「……、違います！　疑うんだったら、被害に遭った友達に直接訊いてください。そしたら、本当のことがわかります！」

気がついた時には、慎はポケットの中にあった根岸からのメモを加藤に突きつけていた。

首を傾げた加藤が、手に取ったメモ用紙を開く。視線を落とすと、小さく笑った。

「被害に遭った相手と、友達なんだ？　だったら、彼にとってきみは加害者じゃないよね」

「……元、友達です。ずっと音信不通だったんですけど、ついこの間、共通の知り合いがいるのがわかって、連絡先を知っただけで」

やっとのことで言ったのに、加藤の表情は笑ったままだ。

「いくら共通の知り合いがいても、相手がきみを加害者だと思っていたら連絡先なんか知らせてこないでしょう。第一、ここに『連絡を待ってる』って書いてあるよ？」

「でも、本当です。根岸の住所や名前が兄貴に知れたのは、おれのせいなんです」

一度口にしてしまったら、もう止められなかった。淡々と、慎は過去に兄がやらかしたことを——その結果、友人たちに迷惑をかけてしまったことを説明する。

言葉を挟むことなく、加藤は最後まで話を聞いてくれた。そうして、宥めるように言う。

「話はわかったけど、やっぱりきみのせいじゃないよね。きみにいくらかの責任があったとしても、友達に誠意を尽くした時点で終わったことにしていいんじゃないかな」

「だけど、いつまた兄が来るかわからないです。今度は両親も一緒かもしれない。何とか先生まで連れてきて、おれのまわりの人を無理に勧誘する可能性もあります」

じっとこちらを見ていた加藤が、怪訝そうに眉を寄せる。その様子に、自分が神経質なまでにムキになっていたことに気がついた。ぐっと唇を嚙んだあとで、慎は極力声を抑える。

「……高垣先生も、そうだったんです。叔母の三回忌のあとは親類づきあいがなくなってたのにいきなり両親が押し掛けていって、かなりしつこくされたって——先生も驚かれて、親類経由でうちの事情を知ったそうです」

だから、と慎は言葉を絞る。

「どっちにしても、おれの近くにいたらろくなことにならないです。しつこくつきまとわれるくらいならいい方で、集《たか》りみたいなことまでされるかもしれない。そういうの、頭で考えるよりずっと精神的にきついです」

「――」

「だから、おれは友達も親しい人もいらないんです。ここに来たのは里穂子さんのアルバイトがあったからで、終わったらもう関係なくなるから――」

「僕は大丈夫だと言っても？」

言い募る声を、ふいに遮られた。たった今聞いた言葉をもう一度思い出して、慎はどうにか首を横に振る。

「みんな、最初はそう言ってました。断ればいいとか、相手にしなきゃいいとか……けど、自宅前で待ち伏せされたり急に訪ねて来られたり、何度も電話がかかってきたりしたら困るじゃないですか。それに、もしかしたらいずれはおれも、両親や兄貴と同じようなことをやるかもしれない。だって親子だし兄弟だし、だからいつそうなってもおかしくな――」

「誰かが、きみにそんなふうに言ったんだね？」

今度の制止は、先ほどよりももっと強かった。まっすぐに慎を見据えて、加藤は穏やかに続ける。

「最初の大学でのトラブルの時かご両親とお兄さんがいなくなった時か、きみの実家がおかしくなった頃か。いつのことで、誰が言ったかは覚えてないかもしれないけど、言葉だけがずっときみの中に残っていて苦しい思いをしてた。――違うかな」

「…………」

突然の指摘に、目の前で古い記憶が破裂した気がした。

最初にそれを言ったのは中学二年の時で、言ったのは近所に住む幼なじみの母親――幼い頃からよく知っていた小母《おば》さんだった。その次は中学卒業を目前にした頃に、クラスで仲良くしていた友人にいきなり避けられたあげくそう言われた。あとになって、慎の母親が彼の母親に強引な勧誘をしていたと知った。

どちらも、慎にとって親しかった人だ。以降、言葉すら交わすこともなくなったのに、あの時の歪んだ表情と吐き捨てるような声音は、くっきりと脳裏に残っている……。

「部外者として、あえて言わせてもらうけど。その心配は無用だと思うよ」

思いがけない言葉に目を瞠った慎をまっすぐに見据えて、加藤は嚙んで含めるような口調で続けた。

「きみは、あの手のものを本気で嫌悪してるよね。ただやみくもに嫌ってるわけじゃなく、自分で調べてどういうものかを知ってるよね？」

「……だって、どう考えてもおかしい話だったし」

「うん。だからこそ『華色』でも自分が叱られるのを承知で僕を連れ出してくれたんでしょう。あの手のものは病気とは違って、絶対に染まらないと決めた人を染めることはできないから、きみがそうなることはまずないはずだよ。——あと、もうひとつ。きみの懸念というか言い分は、高垣先生に対してとても失礼だ。僭越《せんえつ》ながら、僕に対してもね」

失礼、という言葉を口の中で繰り返して、慎は加藤を見つめる。

「高垣先生はきみを信頼し、きみの将来に期待したからこそ援助してくれているはずだ。僕だって誰彼構わずうちに来いとは言わない。相手がきみだからと思って誘っている。にもかかわらず、きみは自分自身をまったく信用していないわけだ」

「……あ、——」

思いも寄らない指摘に、頭の一部がすうっと冷めた気がした。言葉を失った慎をさらに追いつめるように、加藤は言う。

「そこまで自分が信用できないのに、高垣先生からの援助を受けているのはどうして?」

「先生は、全部知ってますから。うちの親や兄貴が何を言っても相手にしないって、そう」

言いながら、これでは説明になっていないと思った。案の定、加藤はあっさり言う。

「ああ、なるほど。でも、だったら僕も条件は同じだよね。きみの事情は聞いたし、もしきみの家族が何かを言ってきてもいっさい相手にする気はない。だったら問題ないよね?」

「だって、——でも、高垣先生はおれに騙されたわけでも、陥れられたわけでもないじゃないですか! 加藤さんこそ、どうしてそこまで言っ……」

「それはねえ。僕にはきみとこれきり無関係になる気はこれっぽっちもなくて、むしろ本気でここにいてほしいと思ってるからなんです」

「……え？」

耳の中を行き過ぎた言葉を取り戻すように、慎は目を瞠る。

喉の奥で笑った加藤が、畳みかけるように続けた。

「さっきの折衷案もそうだけど、こうやってきみを説得しようとしてるのはけして親切心からじゃないし、きみの境遇に同情してるわけでもない。単純に、僕がどうしてもきみを傍に置いておきたいだけなんです。砕けて言うと、つまりきみを口説いてるんだけど」

ぽかんとした慎を見たままで、加藤は指に挟んでいた煙草を灰皿でもみ消した。軽く首を傾げて続ける。

「ここから本題なんだけど、大学の十号館の中庭で、きみは僕に対して恋愛感情があるって言ったよね。それは本当？」

「そ――」

不意打ちで蒸し返されて、かあっと頬に血が上るのがわかった。そこまで聞かれていたのだと今になって気がついて、釘《くぎ》を打たれたように身動きが取れなくなる。

目の前に座っていた加藤が、ゆっくりと腰を上げる。ローテーブルを回り込んで近づいたかと思うと、慎の膝の上で丸くなっていた子猫を抱き上げた。抗議するように小さく鳴くのを足許のラグに下ろして、固まったままの慎の隣に腰を下ろしてくる。

間近になった気配から、もう覚えた煙草の匂いがする。それを、どうしてか「いつもの」加藤とは違うように感じた。緊張した背中をそっと撫でられて、たったそれだけのことで心臓が走り出すのがわかる。

「少し触ってもいいかな？」

「………」

頷くことも、首を横に振ることもできなかった。傍らの気配を肌がヒリつくように感じていると、そっと伸びてきた腕が背中から肩に回った。

そろりと動いた指先が、肩からこめかみに移る。壊れものに触れるような慎重さで髪を撫でられて、これまでもたびたび頭を撫でられていたのを思い出し、ほんの少し安堵した。

わずかに緊張が緩んだのに気づいたのか、髪を撫でていた指が、今度は髪の毛を梳《す》くように動き出す。わざとなのかはずみなのか、時折耳朶《みみたぶ》を撫でるように触れていった。

「厭だと思ったら、速やかに逃げるように。殴っても蹴飛ばしても構わないからね」

近い距離で囁かれて、思わず首を竦めていた。その顎を少し冷たい指先に取られ、掬《すく》うように上向けられる。

反応できず瞬いている間に、額にこつんと何かが当たった。それで、慎はようやく加藤の顔が吐息どころか睫《まつげ》が触れそうなほど近くにあると気づく。

自分が息を呑む音が、やけに生々しく聞こえた。視線を合わせていられず瞼《まぶた》を閉じるなり、すり寄るように近くなった気配が慎の唇を掠めていく。え、と思った時には柔らかく呼吸を塞《ふさ》がれていた。

「――……っ」

反射的に、瞼を開いていた。とたんに目に入ったのはピントが合わない距離にある加藤の顔で、頭の中は真っ白なのに間近にある眼鏡の奥の目が笑ったのだけはどうしてかはっきりとわかる。

加藤さん、と呼ぼうとした唇のラインを、濡れた感触に撫でられる。反射的に逃げようとしたのを、顎を摑んでいた指に阻まれた。角度を変えて唇を撫でられる感覚に、やっとのことでそれが加藤の唇だと――加藤にキスされているのだと知った。

先ほどまでとは別の意味で、動けなくなった。眼鏡越しにぶつかった視線を外すこともできずにいると、唇から離れた吐息が見開いていた目許に移る。目尻《めじり》に押し当てられた唇の合間でちらりと肌を撫でられて、びくりと小さく肩が揺れた。強い力で肩ごと腰を引き寄せられて、慎はようやく自分がソファの上で完全に加藤に抱き込まれていたのを知る。

逃げられないと思ったら、身体の芯《しん》が痺《しび》れるような錯覚に襲われた。同時に、逃げたいのに逃げたくないと思っている自分を思い知った。

「今になってこれを言うのは、卑怯だと思うけど。僕はきみが思ってるほど善人でもお人好

しでもないんだよ。優しくするのも構うのも、相手は選んでるからね」

「えら、んで……？」

「そう。たとえば里穂子さんがきみの立場で僕と出会っていたとして、最大限譲歩しても子猫を引き取った時点で終わりかな。本当言うと、家の中に人を入れるのは好きじゃないんだ」

無造作に眼鏡を外しながら、加藤は苦笑する。固い音を立ててローテーブルに置いたかと思うと、再び顔を寄せてきた。軽く額をぶつけるようにして言う。

「僕は、恋愛的な意味できみが好きなんです。――できれば、言葉で返事を聞かせてくれないかな。僕は、どうしてもきみがいいんだけど」

間近で聞いた告白に、真っ白だった思考に焦りの色が浮かぶ。どうしよう、どうすればいいんだろう――思考はそうやってぐるぐる回っているのに、勝手に唇が動いていた。

「……おれは、加藤さんのことが、すき、です。でも、おれ男だし。加藤さんもそうで、だったらそういうのって、あるはずがな――」

「あるはずがないって、どうして？」

「ど、うしてって……だって」

即座に切り返されて、慎は返答に迷う。目の前がくらくらしたままで、必死に言葉を探したものの結局は何も浮かばずに、声は尻すぼみになってしまった。

「さっきの話もそうだったけど、ひとりで決めてしまうのは早計なんじゃないかなあ。ひとまず、僕はきみが好きで、きみも僕を好きだと言ってくれたわけだ。それなら、今後のことはふたりで決めないとね」

眼鏡のない素の表情に見とれていると、さらに深くなった声に囁かれた。引き込まれるように頷くと、ひどく近くで加藤が笑う。

「じゃあ、きみと僕は両思いってことで。だったらもう少し、恋人らしいことをしようか」

「え、……」

後半の言葉の意味を問う前に、首の後ろに回った手に強く引き寄せられる。気がついた時には、またしても呼吸を奪われていた。

唇の形を確かめるように動いた体温に、唇の合間をやんわりと探られる。繰り返しなぞるように辿られ、下唇を齧《かじ》られて、肩胛骨《けんこうこつ》の間がぞくりとする。離れていった唇に頬や目尻を啄《ついば》まれたかと思うと、喉から首すじを撫でていた指に唇をなぞられ、合間を割って歯列を撫でられた。苦笑混じりの声に、低く囁かれる。

「ここ、開けてごらん。できるだろう？」

低い声とともに、吐息が耳朶を掠めていく。慣れない感覚にくらくらしながら言われた通りに顎を緩めると、待っていたように指先が唇の奥に割って入った。びくりとした慎の舌先を追うように動いたかと思うと呆気なく出ていって、もう一度宥めるように唇を撫でる。直後、今度は寄ってきた吐息に唇を塞がれた。

「……っ、ん、——」

歯列を割って入った体温が、口の中の形を確かめるように動く。無意識に逃げていた舌先を追われ、やんわりと搦《から》め捕《と》られて、頭の芯にじわりと知らない感覚が点《とも》った。耳の奥で聞こえる水っぽい音と頬の内側をなぞるように動く体温と、そのたびに鼻先に抜けていく煙草の匂い。うまく呼吸できない息苦しさと、背中から回って慎の首の後ろを支えている手のひらと。同時に起こっているはずの出来事が、ぶちまけてしまったパズルのピースのようにてんでばらばらに転がっていて、だから何が起こっているのかが自分でも摑めずにいる——。

「ん、……あ、ぅ……」

耳に届く甘えたような声が自分のものだと気がついたのは、角度を変えて何度も重なってきたキスがようやく離れていったあとだ。何かを惜しむように下唇を齧られ、口角を啄まれて、合間に慎はやっとのことで呼吸をする。

「末廣くん——じゃなくて、名前で呼んでもいいかな」

吐息のような声に顔を上げると、上から覗き込んでいた加藤ともろに目が合った。

返事が出なかったのは、思考が状況についていかなかったせいだ。ぼうっとしたまま見上げていると、寄ってきた気配に今度は右の目尻を啄まれた。押し当てられた唇の合間から濡れた感触に肌を辿られて、勝手にびくんと背すじが跳ねる。気がついた時には、慎は加藤の腕に深く抱かれたままでソファの背凭れに埋められていた。

慎、と耳許で名を呼ぶ声の柔らかい響きに、唐突に泣きたい気持ちになった。

親族以外の人からそんなふうに呼ばれるのは、何年か振りなのだ。

仕方のないことで、当たり前だとずっと思っていた。どこにいても「ひとり」で、この先もそうなんだろうと自分なりに覚悟していたはずだった。

――それなのに、今、ここに慎を呼び捨てにしてくれる人がいる。何もかも知った上で慎を好きだと、だから一緒にいようと言ってくれている……。

「――慎?」

「や、っ……ん、――」

声のあとで、わざとのように耳朶を齧られる。小さな痛みと、それとは別の感覚が波紋のように肌の表面に広がって、反射的に首を横に振っていた。顎を摑まれ固定されて、今度は濡れた感触に耳殻《じかく》をなぞられる。全部の形をくまなく確かめるような執拗《しつよう》さで探られて、湿り気を帯びた音がダイレクトに鼓膜に届いた。その音と連動するようにぞくぞくするような感覚が背骨沿いを走って、慎は喉の奥から音のような声をこぼす。

顎先を軽く押されて、またしても呼吸を奪われる。嚙みしめるのを忘れていた唇の合間に入り込んだキスは、あっという間に深くなった。息苦しさに背けようとした頰を優しいけれど容赦のない力で引き戻されて、搦め捕られた舌先を強く吸われる。痺れにも似た感覚に逃げられなくなると、今度はやんわりと歯を立てられた。

「――あ……っ」

長くて執拗なキスが終わっていたことに気がついたのは、自分の声を聞いたあとだ。そのタイミングで顎の下に尖《とが》った痛みを感じて、慎はようやく目を開く。

きつく閉じていたせいか、最初はぼやけていた視界が鮮明になっていく。そうして、慎は視界の端で動くものを見つけた。考える前に指先で触れたそれは加藤の頭で、回らない思考のすみでようやく彼が自分の喉許に顔を埋めているのを知る。

加藤さん、と呼んだ声は、自分の耳にも吐息のように聞こえた。無意識に伸びた両手はいつの間にか加藤の頭を抱くように動いていて、慎は指先に当たる見た目よりずっと柔らかい髪の感触を気持ちがいいと思う。

「あ、……ん――」

飽きるふうもないキスが、顎の裏側から喉の尖りを辿っていく。腰を抱く腕と、衣類越しに背中や肩や胸許を探る指の動きに、肌の内側で火が点るのがわかる。最初は一滴ほどだったはずの感覚はあっという間に水たまりになり、次第にゆるやかな流れを作っていく。

頭の芯が、熱を持ったようだった。急激に上がり始めたそれについて行けずに身動ぐなりその変化に気がついて、慎はぎくりとする。

「……慎？　どうしたの」

反射的に身を退《ひ》こうとしたのが、徒《あだ》になった。たった今まで緩やかに腰を抱いていた腕に力が籠《こ》もって、逃がさないとでも言うようにきつく抱き寄せられる。近すぎる距離に怯んだ瞬間に、腰から下肢に――いつの間にか熱を溜《た》めていた箇所を、加藤の身が掠めていく。とたんに起こった鳥肌が立つような悦楽に、喉の奥が小さく鳴った。

慎、ともう一度名前を呼ばれて、声の響きだけで「気づかれた」と悟った。その場で消えてしまいたい気持ちで、慎は全身を竦めている。

生理現象であり、当たり前のことだと自分でもよくわかっている。なのに、どうしようもなく居たたまれなかった。

少し上の方で、笑う気配がする。頬を撫でる手のひらと低い声で顔を上げるよう促されても、恥ずかしさに応じることができなかった。

そっと寄ってきた気配に、顎の付け根を啄まれる。同時にぐっと腰ごと引き寄せられて、逃れようがないほど身体が密着した。反射的にこぼれた拒絶の声を封じるように唇を塞がれて、慎は指先をソファに食い込ませる。

小さな子どもを抱えてあやすようなやり方でゆったりと揺らされて、ざあっと肌が粟立った。息を詰まらせ搦め捕られた舌先を硬直させていると、唇から離れていったキスが頬を辿って耳朶を擽《くすぐ》ってくる。

「そっか。気持ちよくなってきたんだ？　それで恥ずかしくなった？」

返答できない問いを耳の奥に囁かれて、顔だけでなく全身が熱くなった。思わず歪んだ顔を背けたはずが強引に引き戻されて、ピントが合わない距離から覗き込まれる。ほぼ同時に今の今まで腰を抱いていた手のひらが動いて、互いの身体の間にするりと入ってきた。身構える暇もなく、指摘されたばかりの箇所をまさぐられて、勝手に喉から声が溢れていく。

「や、……待っ――」

「慣れてないなあ。やっぱり初めてなんだ？」

耳朶を食《は》んだ吐息が囁く声に、布越しの刺激で過敏になっていた場所がさらに熱を上げる。初めて知った人の手の感触に、身体の底で蠢《うごめ》いていた感覚がうねるように集まっていくのがわかる。目の前にいる人のシャツの背中に無意識に爪を立てて、慎はもう一度、待ってほしいと訴えた。

「待ってもいいけど、ずっとこのままにしておくわけにはいかないよね？」

笑みを含んで答える声も、煙草の匂いも近すぎる体温も、確かに加藤のものだ。なのに、慎がよく知る加藤ではないと思う。明らかに、どこかが――何かが違っている。

慎、と今度は吐息がかかる距離で名を呼ばれた。意図せず小さく揺れた肩を宥めるように撫でられて、ソファを摑んでいた手を捕られる。導くように、加藤の背に回された。

「おいで。僕の部屋に行こう」

自分の呼吸が浅く早くなっているのを、耳で聞いてから知った。

意識が、宙に浮いてしまったようだった。耳に届くかすかな声も吐息も、ずいぶん遠い気がする。目に入る天井近くに浮かんで遥《はる》か下にいる自分を見下ろしているような、理屈も辻《つじ》褄《つま》も合わない感覚。

加藤の私室――寝室に入ったのは、これが初めてだった。

ソファから起こされた時も半分抱えられるようにリビングから廊下に出た時も、――このベッドに下ろされて覆い被さってくる影を見上げている間にも、慎はそれをひどく遠いことのように感じていた。

「……っ、ん、ん――あ、……っ」

天井の模様が、滲《にじ》んで曖昧《あいまい》になっている。自分の声が聞くに耐えない色を含んで、長く尾を引いているのがわかる。顎を引くように頭を起こした慎は、数分前に見たのとほとんど同じ光景を目の当たりにして、全身が焦げるような心地になった。

着ていたシャツの前はすっかりはだけられて、片方の袖《そで》は肩から抜けかけている。ジーンズと下着は足首まですっかりずり落ちて、辛うじて右の足首に引っかかっているだけだ。剥き出しになった膝は大きく開かれて、その間にいる人の左右の肩それぞれの上に掲げられてしまっていた。

顔が見えないのは、その人――加藤が慎の脚の間に顔を埋めているからだ。目に入る頭の部分が小刻みに揺れて、そのたび水っぽい音が聞こえている。その音は身体の中で最も過敏な箇所を唇の奥で煽《あお》られている証拠でもあって、思っただけで目眩《めまい》がした。濡れた体温に形を確かめるようにまさぐられ、時折強く吸いつかれて、色の濃い悦楽がじわりと滲む。押し寄せては退いていく波に揺らされて、後戻りのできないぎりぎりの際まで追いつめられていく。

無意識に伸びていた指が、膝の間で動く髪に届く。何度摑んでも指の間をすり抜けていく心許なさに奥歯を嚙みながら、他に縋《すが》るものが見つけられなかった。喉からこぼれるのは意味のない音と、今、誰よりも近くにいる人の名前ばかりだ。

ベッドに来た時には身につけていたはずの衣類を、いつどうやって脱いだのかはほとんど記憶にない。覚えているのは、リビングにいた時よりずっと深くて執拗になったキスが喉から鎖骨へ、さらに下へと落ちていって、胸許の一点に歯を立ててきた時には肌がすっかり剝き出しになっていたことと、――布越しでなくじかに下肢の間を探られた時の頭を殴られたようなショックと、それに続いた息苦しいまでの深い悦楽だけだ。痺れとおぞけを含んだ感覚は、ごく稀《まれ》に自分でする時とは比較にならないほど強烈で、慣れない身にはあまりに生々しすぎた。

だから、待ってほしいと何度も頼んだのだ。今は無理だと、どうすればいいかわからないと半泣きで訴えた。その全部を、加藤は最後まできちんと聞いてくれた。けれど、やめてはくれなかったのだ。

（大丈夫だから、いい子にしていて）

（わかった。ちゃんと知ってるよ。辛いんだよね）

（恥ずかしいんだ？　可愛《かわい》いなあ）

耳許で囁かれる言葉や繰り返されるキスは、悪い薬のようだ。混乱しているのに、待ってほしいのに、そうした気持ちすら根こそぎ奪い去っていく。逃げたいのに逃げたくなくて、結局は強引で優しい腕の中で溺《おぼ》れているしかなくなってしまう――。

加藤さん、と何度も名前を呼んだ。散漫になった意識と息苦しさに、声がもつれて言葉にならない。腰の奥がせり上がっていく錯覚を覚えて必死で力を込めたはずの指先は、けれど加藤の髪から滑ってシーツの上に落ちてしまった。

海の底で、溺れているようだった。呼吸が詰まって喉声が溢れ、抜け出したいのに身動きが取れない。やっとのことで捩った腰は大腿《だいたい》を摑む手に引き戻されて、さらに際へと追いつめられていく。そのまま慎は限界の先に追い落とされた。

「……あ、……っ」

何が起こったのか、すぐにはわからなかった。思考の半分が飛んだまま、肩で喘《あえ》ぐように息を吐いていると、寄ってきた気配に不意打ちで呼吸を塞がれる。息苦しさにもがいた顎を固定され、強引に舌先を搦め捕られた。

「可愛いな。……気持ちよかった？」

声は、耳よりも唇の近くで聞こえた。瞬いて目を向けた先、ピントが合わない距離にいた加藤と、まともに視線がぶつかる。その瞬間に、たった今起きたことを——加藤の唇に追いつめられて限界を迎えてしまったことを、思い出した。

とんでもないことをしたと、全身から血の気が引いた。思わず背けた顎を取られ強い力で引き戻されて、慎はぎゅっと目を閉じる。上で笑う気配がしたかと思うと、もう一度優しく名を呼ばれた。それでも反応できずにいると、寄ってきた吐息が目尻に押し当てられる。そっと吸われて、自分が涙をこぼしていたのを知った。

「……怒った？　もしかして、厭だったのかな」

聞こえた声には、申し訳なさそうな響きがあった。そっと身を離そうとする気配に、気がついた時には指先で加藤のシャツの腕を摑んでいた。

「ちが、……ごめ、なさ——」

ちゃんと否定しようと思ったのに、加藤のすまなそうな顔を見るなり言葉がうまく続かなくなった。きっと真っ赤な顔をしていると自覚しながら、慎は必死で首を横に振る。それだけでは足りない気がして、加藤の首にしがみついた。

離れかけていた体温と重みが、もう一度上から沈んでくる。優しい腕に腰を抱き直されて、額同士を押し当てる格好で覗き込まれた。

「本当に怒ってない？　厭じゃなかったんだ？」

「……じゃない、です。びっくり、し――、ただけ、で」

「そっか」と答えた加藤が、慎の目尻に齧るようなキスをする。至近距離で笑ったかと思うと、指先で慎の唇のラインを撫でた。続きのように、同じ指で自分の唇をなぞって言う。

「じゃあ、慎からキスしてくれないかな。ここで、ここに」

何が「じゃあ」なんだろう、と思ったのは一瞬だった。懇願するように「ね？」と促されて、慎はおずおずと加藤の首に回していた手に力を込めてみる。近すぎる距離で目を合わせていられずに途中で瞼を閉じて、ぶつかるように顔を寄せていく。

初めて自分から触れた加藤の唇は、それまでとは違う感じがした。その理由を考える前に唇の合間を煙草の匂いになぞられて、あとはもう拙《つたな》いなりに応えるだけで精一杯になる。

唇から離れていったキスに耳朶を齧られ、うなじを啄まれる。同時に腰や背中のラインを確かめるように撫でられて、いったん終わったはずの箇所がまた熱を帯びていくのを知った。

「や、……加藤、さ――、んっ……」

「ごめんね。もう少し頑張って」

何を、と訊く前に、またしても脚の間を探られる。内側の肌をやんわりと撫でた手のひらが向かった先は熱を含み始めていた場所よりさらに奥で、思いも寄らないことに必死に首を振った。構うふうもなく動いた指先にあり得ない箇所を撫でるようにされて、慎はぎくんと身を固くする。

「な、に……ど、うし——」

「大丈夫。ゆっくりやるから、ね」

「待っ……や、何っ——」

「待てない」という声をかすかに聞いた。声を封じるように重なってきたキスに舌先を搦め捕られ、唇の奥深くまでを探られて、慎は抗《あらが》うことすら覚束《おぼつか》なくなっていく。その間にも腰の奥を探っていた指は強くなって、気がついた時には身体の奥に割り込んでいた。

　慣れない行為のせいだけでなく、ひどい違和感を覚えて背中が冷えた。目には見えないはずのその反応に気づいたのか、飽かず慎の舌先を齧っていたキスが離れて、今度は顎の下を抉るように啄んでくる。顎の付け根から耳朶をなぞって柔らかに言う。

「苦しいかな。どっか痛い？　もう少し我慢できる？」

　声は聞こえるのに、その意味もわかるのに——思考回路がうまく働かなかった。顎から喉へ、胸許から腰へと移っていったキスが、またしても膝の間に落ちる。指先を沈めた箇所に吐息を感じて逃げようとした腰を、やんわりと、けれど抗えない力で引き戻された。大丈夫だからと繰り返す声は何度厭だと訴えてもやめてくれず、異様なほどの違和感とひどい羞《しゅう》恥《ち》と逃げ場のなさに、またしても視界が滲んでいく。

「や、——も……う、無理っ……」

加藤のキスも指も、優しい分だけ執拗だった。腰の奥をキスで蕩《とろ》かしながら、熱を含んで形を変えていた箇所を指先で煽っていく。同時に与えられた違和感と悦楽は混じり合い粘度を増して、いつの間にか境界線を失っていた。

肌のすぐ下で、逃がしようのない熱が渦巻いている。流れ落ちたかと思えば逆流し、それでなくとも上がっていた熱をさらに高く押し上げる。限界近くまで引き上げては押し戻し、底の底に淀《よど》んでいた悦楽を掬い上げて、さらに濃度を上げていく。

「ん、ん……ぁ、——」

身体に、うまく力が入らなかった。先ほどまでシーツを引っかいていたはずの指先は小さく丸まって、時折かすかに動くだけだ。目を見開き天井を見上げたままで、慎は自分自身の力のない泣き声を聞いている。

「……慎」

間近で聞こえた声に目を見開いて、慎はやっとのことで手を伸ばした。上から覗き込んでいた人の首にしがみついて、声にならない声でどうにかしてほしいと懇願する。返事代わりのように落ちてきたキスを自分から唇を開いて受け入れた。

腰の奥で蠢いていた指が、そろりと離れていく。その感触にすら、鳥肌が立った。続くキスに舌先を預け、目を閉じて感覚だけを追いかけながら、もう覚えてしまった煙草の味に安堵している自分を知った。

「もう少し、力を抜けるかな。楽にして。ね？」

唇から離れていったキスが耳許に落ちて、低い囁きを残す。その意味を理解するより先に膝を摑まれ、引き上げられるのがわかる。間を置かず身体の奥を穿《うが》たれて、ひどい違和感に音のような悲鳴が出た。今さらに逃げようと身を捩っても腰を抱く腕は強くなるばかりで、上になった身体を押しのけたはずの手は、半分はだけていた加藤のシャツをさらに大きく乱しただけだ。

慎、と耳許で何度も柔らかい声に名を呼ばれる。宥めるように——慎が落ち着くのを待つように、優しい手が何度も肩や背を撫でていく。うなじから頰へと移ったキスが唇の端を齧って歯列を割り、吐息を共有するような深いものに変わった。前後して、手のひらに互いの身体の間にあった過敏な箇所をくるむように握り込まれて、そこからざわめくような甘い感覚が波紋のように広がっていく。

「いいかな……落ち着いた？　まだ苦しい？」

唇が触れ合う距離で訊かれて、その声のいつになく掠れた響きにぞわりと背すじを何かが走る。ずっと首にしがみついていた腕に力を込めると、間近で笑う気配がする。

「ン、……っ、あ、——」

捩じ込むように顎の下に食いついたキスが、そこから耳許までを何度も行き来する。過敏

になった箇所を煽る指の動きが早くなるのを、感覚だけで知った。

動くよ、という声を聞いたのは、それからどのくらい経《た》った頃だろうか。身構える前に揺らされて、身体の奥で何かがざわめくのを感じた。息を呑んだところで続けざまの波に押し引きされて、肌の内側からこれまで知らなかった感覚が生まれる。寄せ返すたびに高く濃くなっていく感覚に、目の前が白く染まった。

自分が、加藤の背中に爪を立てていることにも気づかなかった。

そのまま、慎は激しい渦の中に放り込まれた。

20

目が覚めてすぐに目に入ったのは、リビングの壁にかかった時計だった。

表示された時刻は九時過ぎで、目に入る窓にはカーテンが引かれている。天井の明かりが灯っているところからすると、午前ではなく午後の方らしい。

ぼんやりそう思ったあとで、慎は何となく違和感を覚えた。頭を動かしてみて、顔の左側に毛玉があるのに気づく。しっかり首を捻ってみれば、慎の頭とソファの肘掛けと背凭れの合間に子猫が入り込んでいた。熟睡しているらしく、つついてみても寝言のような鳴き声をこぼすだけだ。

……どうしてリビングのソファで寝ているんだろうと、思った。

そろそろと頭を起こしかけて、身体のそこかしこに軋《きし》むような感覚があるのに気がついた。痛みすれすれだったり一歩手前だったりするような奇妙な感じは、起き上がろうと動いたとたんに怠《だる》さを含んだ重みに変わる。四苦八苦しながら身を起こし、上にかかっていた毛布を押しのけて、慎は室内を見回した。

広めのリビングにも、カウンター越しに目に入るキッチンにも人影はない。けれど、家の中に誰かがいる気配がある。

喉の渇きを覚えてソファから脚を下ろした時、廊下に続くドアが開いた。入ってきた人影はこの部屋の主で、見慣れたスーツにネクタイではなく、ラフな部屋着を身につけている。

今日は平日で、加藤はふつうに朝出勤していったはずだ。スーツ姿のこの人が地下鉄の通路に消えるのを見届けてから、慎は荷造りをしにこのマンションに戻ってきたはずで――。

ぼうっとしたまま考えて、いや違うと思い直す。今はもう夜だ。荷造りは朝のうちにちゃんとすませて、宅配業者に預けた。それから銀行に寄ってお金を用意して、里穂子と約束した通りに十号館の中庭に向かった……。

「目が覚めた？　気分はどうかな。どこか苦しかったりしない？」

声に我に返ると、いつの間にか加藤がすぐ傍にいた。ぽかんとしたまま見返すと、伸びてきた指に頬を撫でられる。

「まだ眠い？　寝室に戻る前に軽く食べた方がいいと思うんだけど、どうかな」

「しん、しつ……？」

おうむ返しにつぶやいた声は、誰のものかと思うほど掠れていた。ぎょっとして喉に手を当てたあとで、慎は風船が割れたように昼過ぎからの経緯を思い出す。

ぶわっと音がしたかと思うほど、顔が赤くなるのがわかった。

慎の反応を不思議そうに見ていた加藤が、何かに思い当たったような笑みを浮かべる。後ずさってすぐ背凭れにぶつかった慎を追うように、ソファの背に手をついた。顎を取られまっすぐに見つめられて、反射的に目を閉じて首を竦めていると、額に何かをぶつけられる。瞬いて目を開くなり間近で視線がぶつかって、それを待っていたように呼吸を奪われた。

「……ん、――っ」

最初は啄むだけだったキスが、歯列を割って深くなるのはあっという間だ。舌先に絡んできた煙草の味にすら、勝手にぞくんと肌が竦む。角度を変えたキスに歯列の裏や頬の内側を擽られて、喉の奥でくぐもった声が漏れた。

加藤が動くたび、かけたままの眼鏡が慎の頬や目許を掠めていく。顎を摑んでいた指が、そっと喉の辺りを撫でている。その触れ方と、こもったように耳の奥で響く自分の声が呼び水になったように、寝室での過ぎるほど濃密だった感覚が肌の表面に上って、身体の芯が小さく震える。気がついた時には慎は目の前の背中にしがみついて、拙いなりにキスに応じてしまっていた。

「……あ、っ――」

ようやく呼吸を許されたあと、おしまいの合図のように唇のラインを舌先でなぞられて、勝手に声がこぼれていた。自分のものとは思えない色の混じった声音に、かあっと顔が熱くなるのがわかる。

それを、加藤は吐息が触れる距離で笑って見つめていた。

「困った子だなあ。初心者なのに、いきなり人を煽ったりしたら駄目でしょう」

「そ、んなこと、してな――」

「おや。自覚がないんだ？　たった今、僕は思いっきり挑発されたんだけどね」

言葉とは裏腹に、ずれた眼鏡を押し上げている加藤の表情は涼しいままだ。毛布ごとソファの背凭れに埋まった慎の髪を撫でたかと思うと、いつもの笑顔で言う。

「すぐ夕食にするけど、その前に何か飲んだ方がいいね。お茶か水か、どっちにする？」

「できれば、お水……で」

「了解」

返事と同時に耳許を啄まれて、危なくとんでもない声を上げそうになった。辛うじて堪《こら》えて耳を押さえていると、まだ近くで見ていた加藤が何だか楽しそうな顔をする。かなり恨みがましい目で見返したはずなのに、どういうわけか嬉しそうな顔をされてしまった。

加藤が用意してくれたのはあっさりめの和食で、量も少なめにしてあったせいか、慎にも全部食べられた。食後に出してもらった温《ぬる》めのお茶を飲んで、慎はやっと人心地つく。ローテーブルの上を手早く片づけている加藤に声をかけた。

「あ、片づけはおれがやります。加藤さんは、いいから座っててください」

とたん、加藤は何とも微妙な顔つきになった。食器を重ねる手を止めることなく、気遣うように言う。

「気持ちは嬉しいけど、無理じゃないかな。僕がやるから、きみはもう少し横になってるといいよ」

「でも、おれ病人じゃないですから。夕飯作ってもらったんだし、片づけまでは申し訳ないです。大丈夫ですよ、そのくらい——」

言って腰を上げようとしたとたんに、かくんと膝が折れた。転ぶ、と思った一拍ののち、横から強い腕に掬い上げられる。ソファの上に戻されたかと思うと、困った顔の加藤に覗き込まれた。

「今夜はおとなしく、じっとしてた方がいいんじゃないかなあ。たぶん、明日の朝まで自力では歩けないと思うし」

「あしたの、あさまで？　あの、何でですか。そういえば、何か身体が重いんですけど、そのせいでしょうか」

「そのせいです。原因については、まあ……初心者相手に加減が足りなかったんでしょう。全面的に僕の責任だね」

「…………」

意味が呑み込めずぽかんとしたままの慎の頭を苦笑混じりにするりと撫でて、加藤はトレイを手にキッチンに入ってしまった。

洗い物を始めた立ち姿をカウンター越しに眺めていると、鳴き声とともに子猫が慎の膝によじ上ってくる。毛玉のようにふわふわした頭を撫でてやると、満足げに膝の上で丸くなってしまった。

先ほどの加藤の言葉の意味に気がついたのは、キッチンから出てきた加藤と目が合った時だ。目を覚ました時からの身体の違和感と先ほどの失態を思い出して、火を噴いたかと思うほど顔が熱くなる。見ていた加藤に何だか楽しそうに笑われて、今すぐに消えたいような心地になった。

「さて、どうしようか。眠いなら寝室に行こうか？」

「あ、いえ、まだ。まりもが寝たばっかりだし、もう少しここで」

「そう？　それにしても、その子はよくよくきみの傍が好きなんだな」

苦笑した加藤が子猫をつついた時、耳覚えのある電子音が鳴った。

慎の、プリペイドの携帯電話だ。あ、と思った時には加藤が動いて、キッチンカウンターに寄せて置かれていた鞄を取ってきてくれた。

ポケットを探ってプリペイド携帯を取り出すと、通話着信とメールの両方のアイコンが出ている。先に通話着信を確認すると、十一桁のナンバーがずらりと並んでいた。

同じ番号が続いているところからすると、大学の知人だろうか。首を捻りながら受信メール画面を開くと、そこには「itokawa」の文字が入ったメールアドレスが複数並んでいる。

大丈夫か、何があった、体調でも崩したのか、とにかく連絡しろ。メールの本文はそんな言葉で埋め尽くされていて、慎は唖然とする。

そういえば、昨日講義をサボった時にも糸川は連絡してきたのだ。さらに今日は丸一日講義に出なかった上、夕方に予定されていたゼミの集まりにも欠席の連絡を入れていない。

「大学での友達？」

「じゃなくで知り合いです。おれ、友達いないですから。履修講義がほとんど同じでゼミも一緒だから、時々頼まれてノートを貸したり、研究発表のことで話したりするだけです。

——あ、でもここ最近は何だか昼食とか飲みに誘われるんですけど。昨日は初めて自主休講したら、『華色』までノートのコピーを届けてくれたりとか」

「それは、知り合いじゃなくて友達ってことでいいんじゃない？」

加藤の返事は、苦笑を含んで聞こえた。客観的にはそうなのかと改めて思って、慎はふっと思い出す。顔を上げ、今日恋人になったばかりの人を見つめた。

「そういえば、おれ、ここしばらくで変わったんだそうです。このメールの相手にも、バイト先の人からも言われました。棘が抜けて話しやすくなったって。コンビニの店長からは、一緒にいる人の影響じゃないかって」

「一緒にいる人って僕かな。だったら嬉しいなあ。――うん、でも確かに、『華色』で顔を合わせた頃のきみは四六時中緊張してたよね。もっと肩の力を抜いて楽にしたらいいのにって思った覚えがあるよ」

軽く笑って慎の隣に腰を下ろすと、加藤は顔を寄せて携帯電話の画面を覗き込んでくる。その気配と膝の上で眠る重みの両方を感じながら、ようやく腑《ふ》に落ちたような気がした。

加藤と過ごすのは日に一時間ほどでしかなかったけれど――ここにいられるのは短い間だけだと知っていたけれど、それでも慎は本当に穏やかに過ごせたのだ。ひとりでいる間はもちろん、加藤と顔を合わせた時には当たり前の家族のように声をかけあって、優しい言葉だけを交わしていた。

そんなふうに思える場所を、両親と兄が変わってしまって以来、初めて見つけたのだ。ここで過ごす時間を重ねるごとに、慎の中で頑《かたく》なになっていた部分が少しずつ綻んでいったのかもしれなかった。

プリペイド携帯に視線を戻すと、受信メールボックスにはまだ未開封メールが残っていた。画面をスクロールし、未開封の最後の一通を開いて慎は目を瞠る。

──根岸です。メールをありがとう。言いたいことはいろいろあるけど、これだけは伝えておく。俺は、もういいとも忘れたいとも思えない。もう一度、末廣と友達としてつきあいたい。だから、考えてくれないか。

「根岸くんて、例のメモの友達だよね？　メールアドレスを知らせたんだ？」

隣から聞こえた穏やかな声に我に返って、慎はやっとのことで言う。

「……昨夜、こっちからメールしたんです。もういいから、全部忘れようって」

「どうする？　彼はやっぱり、きみの友達でいたいみたいだけど」

「でも、おれは」

「昼間にも言ったと思うけど。自分で自分が信用できないんだったら、高垣先生と僕を信じてみたらどうかな」

提案に、慎は傍らにいる人を見る。

目が合うなり穏やかな笑みを向けられて、不安定にぐらついていた気持ちの底に支えができたような気がした。躊躇いがちに頷いて、慎は携帯電話に視線を戻す。ボタンを操作し、糸川に「大丈夫、明日は大学に行く」と返信を送った。フラップを閉じてしまうと、隣から怪訝そうな声がする。

「根岸くんへの返信はどうするの」

「もう少し考えてから、あとでします。……ちゃんと、伝わるように返したいから」

「そっか」と返った声とともに、やんわりと背中ごと抱き込まれた。髪を撫でる指を感じながら、慎は言う。

「明日、……大学に行った時に、高垣先生に引ったくりの件を話します」

髪を梳いていた指が動きを止めるのを知った上で、慎は続けた。

「話して、できる範囲で先生にお詫びをします。――あとのことは、それから考えようと思います」

結局のところ、慎はどうしても大学に残りたかったのだ。自失していたとか考えが及ばなかったというのは言い訳でしかなく、要は自分のことしか考えていなかった。

本当に高垣に申し訳ないと思うのなら、すぐに事情を話して自分の失態を詫びるべきだったのだ。今になって、やっとわかった。

「了解。けど、どういう結果になってもひとりで決めたりせずに、僕に相談してくれる？」

真面目な顔で言われて、素直に頷いた。そのあとで、慎は改めて言う。

「加藤さんも、里穂子さんから連絡があった時には必ずおれに教えてください。バイト代のことは、ちゃんとおれが話したいんです」

「そっちも了解。けど、少しは頼ってくれないかなあ」

ため息のような声とともに、無造作に頭を抱き込まれた。え、と目を向けるなりやんわりと額をぶつけられて、近すぎる距離につい顔が熱くなる。苦笑混じりに目尻にキスをされた。

「何につけても律儀なのが慎の長所だし、僕はそこも大好きなんだけどね。できれば意識して、もっと甘ったれてもらえると嬉しいんだけど、どうかな」

「……あの。加藤さんには最初から、過ぎるくらい甘えてると思うんです、けど」

「双方の認識の差だね。僕はまだ甘えられ足りません。僕はきみよりかなり年上なんだし、そこそこ甲斐性《かいしょう》はあるつもりなんで、念頭に置いておくように」

冗談にしては真面目な顔で言われて、どんな顔をすればいいかわからなくなった。無意味にうろうろと視線を泳がせて、慎はふと思い出したことを口にする。

「……あの。そういえば加藤さん、今日はどうしてあの時間に大学にいたんですか？　今日は仕事だったんじゃあ」

苦し紛れに出た問いを自分の耳で聞いてから、改めて「そうだった」と気づく。

今朝もいつも通りに揃ってこの部屋を出たのだ。駅前で、慎は地下鉄の入り口を降りていく加藤を見届けたはずだった。

「出勤はしたよ。朝のうちに用をすませて、一時に間に合うように大学に行ったんだ。十号館って結構わかりづらいんだねえ。学生さんに場所を訊いたんだけど、三人目でやっと教えてもらえたよ」

「でも、十号館も一時も、おれは里穂子さんと電話で約束しただけなのに」

「ごめん。昨夜、そこの廊下で立ち聞きした」

予想外の言葉に、大きく目を瞠っていた。声もなく見返した慎の、目許にかかった髪を指先で払って加藤は悪びれたふうもなく言う。

「ちょうど帰ってきてそこのドアの前まで来たら、話し声が聞こえたんだよ。内容で相手は黒幕だと踏んだから、そろそろはっきりさせようと思ってね」

「ドアの前って、でも、そのあとで玄関から入ってくる音――」

「あれは中から開けて閉じただけ。とにかく黒幕との現場を押さえるのが先だと思ったから、わざときみにも言わなかったんだ」

「黒幕」という言い方に、昼間の加藤が里穂子に突きつけた言葉を思い出した。

（きみが差し向けたのって末廣くんだけじゃないよね？）

つまり、慎の背後に「誰か」がいることを――「誰か」が複数の人間を仕掛けていることを、加藤はとうに知っていたのだ。

「訊いていいですか。加藤さんは、いつからおれが……」

「初めてきみを『華色』で見た時かな。その一週間くらい前から身辺が不自然に賑《にぎ》やかだったから、誰か何かやってるかなあとは思ってたし」

「初めてって、でもおれが加藤さんに接客……ていうか、まともに口を利いたのって確か四回目だったんじゃあ」

「きみが僕を意識してたのは、初回からわかってたんだよ。四回目にネズミの人たちを『華色』に連れ込んだ時にきみに声をかけたのも、実はわざとなんだ」

わざと、という言葉に、あの時のやたら暢気《のんき》に見えた加藤の様子を思い出した。

「路上で相手するのは面倒だし向こうも店に入りたがってたし、あとはきみの反応を見てみようと思ったんだ。きみとネズミの人たちがグルなら、手っ取り早くまとめて片づけようと思ったのもある。まあ、グルじゃないのはすぐわかったけどね」

「え、何でですか。そんなの、どうして」

「何でも何も、思いっきりネズミの人たちの邪魔をしたでしょう。本気で怒ってる上にわざわざ自分で損かぶってるし。まあ、それできみに興味が湧いたのは確かなんだけど」

興味、と繰り返した慎の髪を遊ぶように指に絡めながら、加藤は悪戯《いたずら》っぽく笑う。

「こっちから声をかけたら飛んで逃げるし、やっと捕まえて奢《おご》りで釣って食事に誘ったと思ったら、奢られる気がまるでない。あげくがあの猫騒動で、どうも計算してやってる感じじゃない。けど、何か目的があって僕に近づいてきたのは確かだと思った。それで、反応を見るつもりでうちに連れて帰ったんだ。身辺を探られたところでさほど困りはしないけど、気分がいいわけじゃないしね」

当たり前だと素直に思ったあとで、慎は傍らにいる人を見上げて訊いてみる。

「甘えておいて、おれが言うのもどうかと思いますけど……ほとんど初対面の相手をいきなり家に置いて出かけるって、不安とか感じませんでしたか？」

「それまでの反応で、後ろ暗いことができる子じゃないのがわかったからな。ついでに、うちには見られて困るものもないし。けど、不安をどうこう言うならきみも同じでしょう。ほぼ初対面の男の口車に乗せられて自宅に連れ込まれるって、警戒心が足りないよ？　もっと危機意識を持たないと、世の中には僕みたいな見た目だけ善人って奴も大勢いるんだから」

「見た目だけって……加藤さん、いい人ですよ？　結局おれ、最初っから最後まで助けてもらってばかりで」

慎の答えに、加藤は苦笑した。

「そういうところが素直っていうか、警戒心が足りないな。僕は目的があっていい人をやってたんだよ？　最初はきみの反応を見るためだったし、あとの方は下心があったから。いつでもどこでも誰にでもいい人をやるほど、僕はサービス精神旺盛にはできてなくてね」

「え、……でも、いろいろ構ってくれましたよね。夕飯とか、映画とか」

「あれはきみの反応が可愛かったから、もっと構って可愛いところを見たかっただけなんです。ああそうだ、例の映画の招待券だけど、期限が今週末までなんだ。もし都合がつくようだったら行こうよ。ちゃんとしたデートの仕切り直しってことで」

にっこり笑顔で言われた内容の、初《しょ》っ端《ぱな》で頬が熱くなった。後半の誘いとともにひょいと覗き込まれて、慎は素直に頷く。

「あとで、バイトのシフトとか予定を見てみます。……でも、里穂子さんとのお見合い、本当に断ってよかったんですか？　仕事の都合とか、いろいろあるんじゃあ」

　こぼれた問いは、大学の中庭にいた時から重石《おもし》のように胸にあったものだ。

　彼女が言った跡取り云々が事実なら――それが同族会社だというのなら、断ることであとあとの立場に影響が出るのではないだろうか。

　考えているうちに気持ちが落ち込んで、いつの間にか俯いてしまっていた。目に入った膝の上の子猫を撫でていると、小さく尻尾《しっぽ》を振った子猫の寝言じみた鳴き声と重なって、軽いため息が聞こえてくる。

　髪を撫でていた手のひらが動いて、無造作に顎を上げさせられる。近くから覗き込まれて、初めて加藤が顔を顰めているのを知った。慎がぎくりとしたのを見透かしたように、ぐっと額に額を押しつけられる。

「よくないって言ったらどうするの。きみとのことは気の迷いで、やっぱり里穂子さんと結婚しますって言わせたい？　彼女も僕も、お互いを眼中に入れてないのに？」

「――――」

　言葉が出ずに黙っていると、額同士を合わせた格好のままで加藤が言う。

「相手が誰だろうが関係なく、僕は見合いする気はなかったんだよ。最初に話が来た時点で丁重に断ったし、あとあと話が出た時もいっさい気を持たせないようにしてたんだ」

「……だけど、里穂子さんと会ってたじゃないですか。映画の約束もキャンセルして、仕事だって嘘ついて」

言ってしまったあとで、自分の声音が拗《す》ねたような響きを含んでいることに気がついた。

額を離した加藤は、指先で慎の頬を撫でて笑う。

「言い訳に聞こえるかもしれないけど、僕は本当に仕事ってことで呼び出されたんだよ。——実際に指定された場所に行ってみたら、里穂子さんと専務が待ちかまえてたってだけでね」

「そういえば、里穂子さんはお母さんから買い物に誘われたと言ってました。あんなの騙し討ちだって」

思い出してそう言うと、加藤は渋面でため息を吐いた。

「だったら双方騙し討ちに遭ったわけだ。里穂子さんにも少し同情はするなあ……けど、お互い相手の事情まではわからないからね。まさか本人を目の前にして、見合い話は断りました帰りますと宣言するわけにもいかなくて、仕事のうちだと割り切ったんだ。だからきみにもそう伝えた。——まあ、おかげで彼女が黒幕だとわかったんだけど」

「え、そうなんですか。どうしてですか？」

「百貨店のレストラン街で、きみと出くわしたでしょう。あの時のきみと彼女の様子で、何かあるなと思った。きみと里穂子さんは大学も別だし、きみは人と知り合うことに消極的だ。そのきみが彼女と顔見知りで、さらに僕を妙に気にしているなら、それは偶然とは考えにくい。だったら、きみの後ろにいるのは彼女だと考えていいと思った」

即答に、慎はまじまじと傍らの相手を見上げる。やっとのことで言った。

「加藤さん……あの時、気がついていたんですか……？」

「うん。たぶん、三人のうち一番最初に気づいたのが僕じゃないかな」

「じゃ、じゃあ、あの夜に帰りが遅かったのはどうしてですか？　あれから、機嫌が悪かったりしたのは」

「あれ。もしかしてヤキモチかな？　だったら嬉しいんだけど」

間近で笑われて、思わず加藤の腕を摑んでいた。

「茶化さないでください！　おれ、あの時、何か加藤さんの気に障るようなことをやったんじゃないかって、ずっと気になってて」

必死で訴えながら、あの時の気持ちの底が冷える感覚を思い出して、目許が熱くなった。

「里穂子さんとは夕方には別れたんだよ。そのあとは知り合いと会ってたんだ。次の職場の関係でね」

え、と声を上げた慎の目尻を指先で拭《ぬぐ》うようにして、加藤はさらりと言う。

「今朝、出勤してすぐに部長に辞表を出してきた。専務や社長まで呼ばれて少し面倒はあったけど、こっちの意志は伝えたし、具体的な時期や引き継ぎの話もすませた。どのみち午後は有休取ってたから、とんぼ返りで大学に向かったんだ」

「会社、辞めるんですか？　だけど、そうしたら」

「大丈夫。次の職場でも一応役職扱いになったし、収入はかえって上がるはずだしね」

実は前々から会社を変わることを考えていたのだと、加藤は続けた。

「どこにいても何かの問題はあるものだけど、さすがに見合い結婚までパワハラ紛いに迫られるのは勘弁だな。騙し討ちで引き合わされたらもう、決定打だ。社長や専務は四年前の埋め合わせのつもりだったらしいけど、そういうのは由利子さんや里穂子さんにも失礼なやり方だしね。……まあ、向こうにしてみれば僕の面目とか立場を慮《おもんぱか》ってのことらしいけど」

「面目と、立場……？」

「そう。あの会社での僕は、次期社長候補だったのに花嫁に逃げられた可哀想な男だから」

言って、加藤は他人事《ひとごと》のようにくすくすと笑った。どうして笑えるのかと慎が反応に窮していると、加藤は意味ありげに笑ってみせる。

「周りが思ってるほど、居心地が悪かったわけでもなかったんだよ。間抜け男の役回りになるのは最初から承知の上だったたし、ある意味ではすごく気楽なポジションになれたからね。上司部下同僚には気の毒がられて気遣われたし、仕事の上でも我が儘《わがまま》が通りやすかった。あれはあれで、なかなかいい経験だったんだ」

「でも、——一度は結婚しようと思ったくらいに、その人のことが好きだったんですよね？」

昼間に聞いた加藤の言葉を繰り返しながら、胸の奥が苦しくなった。俯きかけた慎の顎を掬うように摑んで、加藤は言う。

「言い方を変えようか。ほかに相手がいると聞いてすぐに諦められる程度にしか、僕は彼女が好きじゃなかったんだよ」

「そ——」

「昔から、僕は何でもそこそこに、それなりにこなす人間でね。だから、由利子さんたちのようななりふり構わずの関係はとても新鮮だったし、自分が完璧に部外者だとわかったから協力もできた。ついでに、あのふたりを見ていて気づかされたことがあってね」

何を思い出したのか、加藤が小さく苦笑する。慎の頰を撫でて言った。

「何でもそつなくと言えば聞こえはいいんだけど、要するに僕は対象が何であれ、それなりでそこそこから抜けられないたちだったんだよね。何かに必死になる行為っていうのは僕にとって外から眺めるものであって、まず当事者になることはない。——そういう自分に気がついてから、いろんな意味で醒《さ》めたんだ」

「さめた……？」

「そこそこそれなりでこだわりもないなら、相手が誰でも一緒だ。そういう気持ちで結婚してもろくなことはなさそうだし、だったらひとりでいるのもありかと思った。だから見合いは断ってきたし、下手な恋愛をするよりは適当に割り切った相手を探すことにしたんだよ。

……まさか、今になってこういうことになるとは思ってもみなかったけどね」

「こういう、こと……？」

見上げたとたんに、長い腕に強く抱き込まれた。加藤の肩に顔を押しつけるようにされて、慎は耳を澄ませる。細い鳴き声と同時に、膝の上の重みが動いた。完全に目が覚めてしまったのか、床ではなくソファの座面へと移動していく。右側の腰が重くなった気がして視界の端で確かめると、子猫は慎に寄りかかるように丸くなったところだった。

「そう。——さっき、きみが言ったことだけど。里穂子さんと会った夜に僕の機嫌が悪くなった理由、本当にわからない？」

語尾を、耳の中に吹き込まれた気がした。ぞくりと身体の芯がうねる感覚に、慎は目の前の腕にしがみつく。からかうように耳朶に歯を立てられて、勝手に背すじが大きく跳ねた。

全身のざわめきに返事どころではなくなった慎をさらに深く抱き込んで、加藤は続ける。

「自分でも驚くくらい、ショックだったんだよ。きみが持っていないはずの携帯電話を使ってるのを見た時も、それを特定の誰かから渡されて、条件つきでその誰かと定期的に会ってるって聞いた時も」

「あ……」

「おまけに勝手にここから出ていく準備をして、行き先がまた高垣先生だったよね？」

言葉が、ダイレクトに肌に伝わってくるような感覚だった。腰を抱く腕と背中を撫でる手のひらと、耳朶を食んでうなじを啄むキスに、肌の内側にじわりと熱が滲んでいく。慣れない感覚は容易についい先ほどまでの濃密な時間を思い出させて、慎は小さく身震いする。いつの間にか、慎はソファの背凭れに埋まるように押しつけられて、完全に加藤の腕の中に閉じこめられてしまっていた。

「里穂子さんからきみが高垣先生の愛人だと聞いた時、僕はとてつもなく腹が立ったんだよ。絶対にあり得ない、そんなのは許せないと思った。――そのくせ、そんなふうに思う自分がやたら新鮮だったんだ」

「か、とうさ……？」

「恋愛で嫉妬《しっと》絡みのごたごたと無縁だったわけじゃないし、感情的になったことも何度もある。だけど、あの時のは過去のとは桁が違ってた。余計なことを言いそうだったから、わざときみを遠ざけたんだ」

思いも寄らない言葉の連続に、慎は返答を失う。それでも、ぶつかった視線を逸らすことだけはしなかった。

「きみの性別なら最初から知ってる。今さらどうこう考えるくらいなら最初からここに連れて帰ったりしないし、こんなふうに触れたりもしない。だから、そういう理由に逃げるのは駄目だよ？　きみには悪いけど、逃がすつもりもないしね」

「そ、……でも、おれ――、っん……」

耳許から顎の裏を伝ったキスが、頬をなぞって唇に辿りつく。ほんのかすかな痛みを妙に甘く感じて、慎は上がりかけた声を何とか呑み込んだ。深く重なってきたキスが何度か角度を変え、やがて唇の合間を探って歯列を割って入ってくるのを受け入れながら、指先まで痺れるような錯覚に襲われた。

「高垣先生に深い恩義があるのも、先生を無視して動けないのもよくわかった。けど、僕にもどうしても譲れないラインがある。──一度、先生に会わせてくれないかな」

長くて深いキスのあとで低く囁かれて、慎はそれでも返答に迷う。思い出して言った。

「高垣先生、も……加藤さんに、挨拶したいと仰《おっしゃ》ってました」

「挨拶？」

「先生にここを出るように言われて、すぐ頷けなかったんです。そうしたら、先生がその人──加藤さんと、これきりになりたくないんだろうって。おれに、そういう相手がいるのはいいことだって」

「そっか」と返った加藤の声音は、柔らかくて優しかった。

「だったらできるだけ早く先生に会いに行くよ。そこできちんと話をして、許可を貰おう。大丈夫、悪いようにはしないから」

ね、と笑った加藤が、再び顔を寄せてくる。まだ戸惑いがちの慎を深く抱き込んだかと思うと、ソファの上に転がしてしまった。

抗議するような、子猫の声がした。小さな気配が跳ねるようにソファから降りていくのを感じながら、慎は上に重なってきた体温にしがみつくように腕を回した。

21

これは当初から知っていたことだけれど、加藤という人は言葉で人を丸めてしまうのがとてもうまい。

本人に言わせると「どういうわけか相手が上機嫌なタイミングで顔を合わせることになるだけ」なのだそうだけれど、実際にはそうとばかりは言えないと思う。

「では、そういうことで。ああ、ただこれだけは申し上げておきますが、慎くんはまだ学生ですし、そちらは社会人ということで生活サイクルは違うはずです。何か不都合があった時は、必ず仰っていただけますか。こちらとしても、過ぎたご迷惑をおかけするのは本意ではありませんので」

「いえ、とんでもないです。慎くんにいてもらって助かるのは、こちらの方ですから。逆に、彼がもし無理や我慢をしているようでしたら教えていただければ助かります」

双方の都合がついた六月上旬の日曜日に、高垣と加藤と慎の三人で顔を合わせることになったのだ。場所は慎の大学の最寄り駅から二駅先にある喫茶店で、古くからの高垣の行きつけなのだという。

直接顔を合わせるのはこれが初めてだが、高垣と加藤はすでに電話で何度か話しているはずだ。十日以上の間があくならと加藤が提案し、慎が高垣に打診して双方の連絡先を交換することから始まった。どんなふうに話を運んだのだか、当初は慎を自宅に引き取ると譲らなかった高垣が、数日後には慎に「きみはどうしたいんだね？」と訊いてきた。そして今日は挨拶をした早々に、高垣の方から「それでは慎くんをよろしく頼みます」になったのだった。

コーヒーを飲みながら三十分ほど話をして、高垣は先に席を立った。見送りがてら出入り口までついて行った慎を、喫茶店のドアを出たところで振り返って言った。

「そういえば、例の引ったくりは犯人が自供したそうだね」

「あ、はい。そうみたいです。……その節はいろいろ、すみませんでした」

例の引ったくり犯が捕まったのは、四日ほど前のことだ。またしても引ったくりをやらかして、今度は被害に遭った女性が転倒、骨折するという事態になった。不幸中の幸いにも部活のランニング中に通りすがった男子高校生の集団が犯人を取り押さえ、警察に通報した。

その犯人が所持していたバッグの中から、くしゃくしゃになった封筒が見つかったのだそうだ。表書き部分に高垣の文字で「慎くん授業料」と書かれていたことで、被害届を出していた慎に連絡が入ったという経緯だった。金はすっかり使い込まれていたとのことで、返ってくるかどうかは今後の状況次第だと聞いた。

「きみが謝ることじゃない。むしろ、怪我がなくて何よりだったと私は思うが？　また呼ばれることもあるかもしれないが、その時は必ず私に連絡しなさい。ひとりで考えて突っ走らないように」

平淡な声で釘を刺すと、高垣はぽんと慎の肩を叩いて駅へと歩いていってしまう。

引ったくりの件を慎が報告した時、高垣は呆れていた。――被害に遭ったことにではなく、慎が自力で何とかしようとしていたことに対しての呆れだった。

（無理に決まっているだろう。生活費もアパート代もアルバイトでまかなっているものを、そこまでの貯蓄があったのが不思議なくらいだ。――前期分の金額も渡すから、貯蓄分は緊急用として元の口座に戻しておきなさい。後期分は、こちらで振り込み手続きをしておこう）

そう言った高垣は、支払った前期分の授業料はこれまでの貯蓄と生活費を削った慎が無理をして作ったものと考えたらしい。

心底ありがたかったから、深く頭を下げて礼を言った。

自主退学を考えたと慎が言った時、高垣は渋面で「去年一年間を無駄にする気かね？」と口にした。

甘え過ぎだと、思う気持ちに変わりはない。けれど、高垣は一番最初に、無条件に慎を信じてくれた人だ。だったら甘えさせてもらおうと――援助してよかったと思ってもらえるように、受けた以上のものを高垣に返すつもりでやってみようと気持ちを切り替えたのだ。

小柄な背中が人波で見えなくなってから、慎は店の中に引き返した。

この喫茶店の客層は、年齢がやや高めのようだ。低く流れるBGMはクラシックで、それぞれの席では客たちが本を広げたり、低く話し込んでは笑い合っている。

通路の奥の窓際の席についた加藤が、携帯電話を眺めて顔を顰めている。珍しいものを見たような気持ちで、慎はひょいと彼の手許を覗き込んだ。

「あの、どうかしましたか？」

「ちょっと、した。――たった今、里穂子さんから電話があって、きみに会いたいと言ってきたよ。五分で終わるから、これからすぐに駅前広場の噴水前に来てほしいそうだ。僕は完全に抜きで、という条件つきでね」

「加藤さん抜きで、ですか」

話に出た駅前広場は、ここから歩いて十分ほどの距離にある。JRや私鉄に地下鉄、路線バス乗り場とすべての交通網が集まる駅の、まさにど真ん前だ。

折り畳んだ携帯電話をテーブルに置くと、加藤は通路に立ったままの慎を見上げて困った顔になった。

「くれぐれも、ってかなり念押しされたから、僕には会いたくないんだろうねえ。――で、どうする？　こっそりあとからついていく、っていう手もあるけど」

「そんなの駄目ですよ。おれ、ちょっと行ってきます。すぐ戻ってきますから、加藤さんはここで待っててください」

慎の言葉に、加藤は少し不満そうにした。予想はしていたようで、軽くため息を吐くと仕方なさそうに言う。

「了解。携帯を忘れないように。何かあったら連絡するんだよ」

頷いて、慎は喫茶店の出入り口に引き返した。外から目をやると、窓際の席で加藤が煙草に火を点けているのが見て取れる。

——結局、あの日からずっと慎は加藤のマンションで、加藤と一緒に暮らしている。そして、今後もそうなることがたった今、決まった。

もともと、高垣はアルバイト三昧《ざんまい》の慎の生活を気にかけていたようなのだ。加藤のマンションでの同居に同意したのは、合理的にアルバイトを減らすことができるという理由からだった。

(これから、課題だ何だともっと忙しくなるはずだからね。院に上がることも視野に入れてあるから、そのつもりでしっかりやることだ)

(確かにそうですね。体力的な意味でも、無理は禁物ですから)

ちなみに加藤に迷惑ではないのか——という疑問については、加藤自らがきっちり高垣を納得させてしまったのだ。もちろん本当の理由を伝えたわけではなく、あくまで加藤が多忙で子猫の面倒を見るのが難しい上に家事関係で困っており、安易に他人を家に入れたくないが慎なら信用できて安心だ、という方向で話をつけたという。

妙に意気投合していた高垣と加藤の会話を思い出していると、視線に気づいたらしい加藤がくわえ煙草で窓越しに手を振ってきた。応じて手を上げて見せてから、慎は足を早めて駅前広場へと向かう。

日曜日の今日はよく晴れたこともあってか、街の中心になる駅前界隈《かいわい》は当然ながら人が多い。信号に引っかかったせいで、駅前に着くまでに思った以上に時間がかかった。やっと噴水が目に入った時には、加藤から話を聞いてから二十分近く経ってしまっている。

痺れを切らして帰ってしまっていないかと、気持ちが焦った。

こちらから里穂子に連絡する手段は、ほぼ皆無なのだ。何しろ、慎は里穂子の携帯電話のナンバーもメールアドレスも控えていなかった。引き継ぎ期間中の加藤はまだ里穂子の伯父の会社にいるが、まさか見合いを断った相手への繋ぎを頼むわけにはいかない。

直接自宅に連絡することも考えたが、そちらはあくまで最後の手段だ。今回、彼女に会えるならそれに越したことはない――そう思って、彼女からの連絡を待ち構えていた。

息を切らして噴水前に駆けつけると、大勢の人がてんでに集まった中に里穂子がいた。腰ほどの高さの噴水の縁に腰を下ろし、退屈そうに噴き上げる水を眺めている。

声をかけようとした時、里穂子の方が慎に気づいた。腰を上げて近づいてきたかと思うと、窺うように周囲を見回した。

「もしかしてとは思うけど。あの人、ついて来てないでしょうね？」

「来てないよ。ここから結構離れた喫茶店で待ってもらってる」

「そう？　だったらどこかに入りましょ。こっち来てくれる？」

言うなり、彼女は慎の肘を摑んで歩き出した。人波をものともせず、早足で進んでいく。ついて歩きながら、道行く人にぶつからないようにするだけで精一杯だった。

里穂子が選んだ場所は、駅に近いショッピングモールの一階にあったコーヒー専門店だ。込み合った店内で目敏《めざと》く窓辺から離れた奥まった空席を見つけて直行し、慎をそこに座らせると「ここで待ってて」と言い置いてカウンターに向かう。大学のカフェの時と同じく、ふたり分のオーダーをすませて戻ってきた。

ちょうどその時、慎はまだうろ覚えの自分の携帯電話のナンバーとアドレスをメモに書き終えたところだった。ふたり分のカップが載ったトレイを手にした格好でそれを見下ろして、里穂子は少し意外そうに言う。

「あなた、携帯買ったの。いつ？」

「先週。一番安いプランなら、月額でもプリペイドと変わらないって加藤さんに言われて」

シルバーの携帯電話は高垣に返し、プリペイドの携帯は処分した。今の慎は自分で買ったこの携帯電話に、必要な連絡先を登録して使っている。機種はすでに店頭から下げられていた古いものだったが、深みのある蒼い色もシンプルなデザインも気に入っていた。

トレイをテーブルに置くと、里穂子はすとんと慎の向かいに腰を下ろした。

「ふうん。——で、結局のところ、あなたとあの人ってつきあってるのよね？」

「え、いや、そういうんじゃなくて」

「隠すことないわよ。どうせあたしには関係ない人だもの。……けど、ねえ。大丈夫なの？　高垣先生のこととか。もしかして、三角関係がもつれてたりしない？」

妙に心配そうに言われて、そういえばと思い出すと同時にげんなりした。小さく息を吐いて、慎はまっすぐに里穂子を見る。

「それ、誤解だよ。おれと高垣先生は本当に親類だから。確かに血は繋がってないけど」

嘘だろうと言いたげな里穂子に丁寧に説明したものの、懐疑的な表情は変わらないままだ。

肩を竦めて、彼女はカップを手に取った。

「まあ、どっちでもいいわ。あなた本人は問題にしてないみたいだし」

きれいな仕草で口に運ぶのを眺めながら、慎は「あれ」と思う。

何となく、里穂子の雰囲気が前と違う気がしたのだ。どこがだろうと首を傾げながら、まずは用をすませてしまおうと書いたばかりのメモ用紙を彼女の前にすべらせた。

「何、これ」

「おれの連絡先。あと、里穂子さんの振り込み先、教えてもらっていいかな。今日は急だったからお金は用意してないし、持って歩くのは懲りたから」

「どうしてよ。何のために？」

むしろきょとんと訊き返されて、慎は目の前に置かれたカップを引き寄せる。

「バイト代、まだ全額返してないだろ。残りは明日にでも振り込むから」

「必要ないわよ。だってあたし、あなたにこれを返すつもりで来てもらったんだもの」

言いながら、小さなバッグから彼女は見覚えのある封筒を取り出す。慎の前に置くと、当たり前のような口調で言った。

「あれきり触ってないんだけど、一応中身は確認してくれる？」

「いやあの、受け取れないから！　そもそもおれがバイトを途中放棄したんだから、里穂子さんに返すのは当たり前で」

「だって、結局のところ目的は達成したのよ？　なのにお金を返してもらったりしたら、あなたを都合よく利用したことになっちゃうじゃない。……あ、そうそう、ひとつ謝っておかなきゃならないこともあったわ。今さらだけど、あの時はひどいこと言ってごめんなさい」

そう言った里穂子にぺこんと頭を下げられて、慎は呆気に取られてしまう。

「……里穂子さん？」

「悔しいけど、あの人——加藤って人が言ったことは、間違ってないと思ったの。確かにあたし、自分のことしか考えてなかったわ。向こうの都合でお見合いが駄目になればいいとしか思ってなくて、そのあと相手の人がどうなるかとか、そんなこと考えてもみなかった」

ふう、とため息をついて、里穂子はカップに唇をつける。見返すだけの慎に「冷める前に飲んだら？」と促した。

「例の彼とは別れたの。振られたっていうか、こっちが冷めちゃったのもあるんだけど」

「え……どうして？　すごく好きな彼だったんだろ」

「由利子姉さんの話を聞いて、あの人に怒られて、あたしもちょっと考えてみたのよ。あたしが由利子姉さんみたいに家を出たとして、彼と一緒なら頑張れるのかなあって。そしたら、何ていうか……自分でもすごく微妙だったのよね。できる、ってはっきり思い切れないし、これからできるようになるかって考えても曖昧で。だから、彼に訊いてみたの」

「……何を？」

「うちの両親が横暴に走って、お小遣い全部カットで通帳もカードも管理されることになった。だから、あたしが自由にできるお金はなくなったの、って」

けろりと言われて、慎はぽかんとした。

テーブルに頬杖をついたまま、真面目な顔で彼女は言う。

「姉さんみたいに家を出て全部捨てていくことになったら、親のお金なんてあてにできないじゃない。それでもいい、って言ってくれるかなあって期待してたら、彼。よそよそしくなって、そのくせ変に探りを入れてくるようになったのよ。いつ両親と和解するのかとか、いくらかは工面できるんじゃないかとか。新しいベースがほしいんだけど、いつまでにこれだけ必要なんだとか言ってきたり」

「……ああ」

話の方向が見えた気がして頷くと、里穂子は指に髪を巻きつけながら肩を竦める。

「これまでだって、そういうことは多々あったのよ。だけど、ずっと一緒だとかいざとなったらカケオチしよう、心配いらない養ってやるからって言ってくれてたの。それが全部口先だけだったんだなあって思ったら、とたんにいろいろ鼻につくようになっちゃったのよね。無理無理無理ないないって言い続けてたら、昨日とうとうほかの女の子とベッドの中にいるところに鉢合わせて」

「あー……」

「まだ別れたわけじゃなかったし、どういうことって詰め寄ったら逆ギレされて、貧相なカラダで取り柄は金だけのくせにうるさい、出すもの出せないんだったらもう寄ってくるなーって言われておしまい」

「そうなんだ。それは……」

返答に窮した慎を眺めて、里穂子は肩を竦めてみせる。

「気にしなくていいわよ。あたし、自分で自分に呆れてるところだもの。どうしてあんな男を格好よくて素敵だなんて思ってたんだろうって」

「うん。まあ、早く気がついてよかったのかも」

「でしょ？　だから、連絡先も全部消去して、携帯も買い換えてナンバーもアドレスも変えてすっきりよ。それで、あたし決めたの。次は絶対、あんなのとは比較にならないくらい格好よくて素敵で大人な男の人を捕まえて、ラブラブになってみせるんだからっ！」

身を乗り出すように宣言されて、思わず笑ってしまっていた。

「何よ。どうして笑うの、失礼じゃないっ」

「いや、そうじゃなくて……里穂子さん、可愛いなと思って」

「気がつくのが遅いわよ。あたしは最初から可愛いの。あなたに見る目がなかっただけ」

つんと横を向く目許が赤いのは、きっと照れているせいだ。察しがついて、さらに微笑《ほほえ》ましい気持ちになった。

「そうだね。——だけど、バイト料は返したいんだ。内容も金額もふつうじゃなかったし、里穂子さんにとっても大事なお金だと思うし」

「だったら迷惑料だと思ってくれていいわ。彼に言われるまんま高い楽器を買ったり旅行代金出したりするより、あなたの授業料として使った方がずっとまともだって気がするもの」

「でも、おれは里穂子さんの彼氏じゃないだろ」

言って、慎は肩を竦めた。里穂子を見返して、静かに言う。

「勝手なのはわかってるけど、受け取ったままだと落ち着かないんだ。その……加藤さんにも、申し訳ない気がするから」

軽く唇を尖らせて聞いていた里穂子が、持っていたカップをテーブルに置く。内緒話のように声を落として言った。

「だけど、大丈夫なの？　まさか、大学は辞めちゃったとか……言わないわよね？」

「辞めてないよ。高垣先生に全部話して、今年度分はもう一度、出世払いで貸してもらえることになった」

説明すると、それで里穂子は安堵したらしい。少し不満そうに封筒をバッグに収めるのを見届けてから、慎は前回別れてからずっと気にかかっていたことを口にする。

「ひとつ訊いていいかな。ネズミ講みたいな人たちに加藤さんのことを教えたのって、里穂子さんだったんだ？」

「そうよ。やたらしつっこくつきまとってくるのが面倒になったから、絶対あたしの名前は出さないって条件で、あの人の顔と名前と『華色』が行きつけだってことを教えてあげたの」

「駄目だよ、そういうの」

考える前に、そう口走っていた。自分でも、いつもよりきつい声だとわかった。

「あの手の勧誘に人を紹介したりしちゃ駄目だ。加藤さんは相手にしなかったからいいけど、下手したら相手の人生まで狂わせることになる。まさか、加藤さん以外の人まで紹介してないよな？」

「あの人だけよ。だって、どうにかして困らせてやりたかったんだもの」

そう言う里穂子は、わかりやすく拗ねたふうだ。わざとじっと見返していると、決まり悪そうに言う。

「何人送ってみても手応えとか反応がなかったのよ。昔のことも調べて検討して、あの人の好みの女の人を近づけても見向きもしないの。そうでもなきゃ、男の子にまで声をかけたりしないに決まってるじゃない」

「そんなに何人も送ったんだ……？」

「送ったわね。あなたを雇うまで、ざっと五人はいたと思うけど」

首を傾げて指折り数える様子に、総額いくらかけたんだろうと気が遠くなりそうになった。

先ほどのバイト料のやりとりの時にも思ったが、つくづく金銭感覚が違う。

「それで、里穂子さんは？　まさか、ネズミに入ってないよな？」

「興味ないもの。彼と別れたらもう、関係ないし」

「……前の彼の関係だったんだ？」

「そう」と頷く様子に、何となく腑に落ちた。

加藤に女性をけしかけるまではともかく、あのネズミ講だけが妙に浮いているように思えたのだ。

そのあとは、互いの連絡先を交換した。振り込み先は今日明日にでもメールで知らせると言質《げんち》を取って、慎はようやくほっとする。

「ねえ。バイト料が駄目なんだったら、代わりに今度ご馳走《ちそう》させてくれない？　何かさせてもらわないと、あたしが落ち着かないのよ」

軽く身を乗り出すようにして言われて、慎は苦笑した。

「気にしなくていいよ。結局、おれは誘惑の『ゆ』の字もできてなかったんだし」

「そういう問題じゃないの。それとも、あたしとごはん食べるのは厭ってこと？」

唇を尖らせて言う様子に、本当に彼女は年下なんだと思った。少し考えて、慎は言う。

「条件つきでもよければ。――こっちが指定した店にしてくれる？　堅苦しいところは慣れないし、マナーとかも自信ないんだ」

続けて慎にとっては少し敷居が高いチェーンレストランの名を口にすると、里穂子はきょとんとする。

「そこでいいの？　だって」

「そこがいい。身の丈に合わないのは落ち着かないし」

ふうん、と首を傾げた里穂子が、少し考えるふうにしたあとで頷く。

「わかった。たぶんあたしよりあなたの方が忙しいだろうから、都合のいい日がわかったら連絡してくれる？　あと、これだけはお願い。絶対に、あの人は連れて来ないで」

「いいけど……里穂子さん、そんなに加藤さんが苦手？」

「苦手なんじゃなくて、嫌いなの。あなた、まだあれがいい人だなんて――思ってる、って顔してるわよね……」

顔を見ながらしみじみと言われて、慎はつい自分の頬を撫でてしまう。首を傾げて言った。

「思ってるっていうか、事実だと思うんだけど……」

「そう。まあいいわ、あなたにとってはそうなんだろうし。確かに、あなたが相手になると顔つきも声も雰囲気も違ってたものね」

ぶつぶつ言う里穂子を促して席を立つ頃には、予定の五分はとうに過ぎていた。

これから友達に会うため地下鉄に乗るという里穂子と、先ほどの喫茶店に戻る慎では方向が真逆になる。店を出てすぐに「じゃあね」と手を振って離れかけた里穂子は、けれど急に振り返って慎を見た。二歩ほど後戻りして、ひょいと慎の顔を覗き込む。

「あなた、これからあの人のところに戻るのよね。伝言、頼んでいい？」

「いいけど、直接会った方がよくないか？　電話したら、たぶんすぐ来てくれると思うよ」

とたんに、里穂子はわかりやすく顔を顰める。心底厭そうな顔で力説した。

「冗談でしょ。あんな虐《いじ》めっ子な大人になんか、わざわざ会いたくないわよ。あ、そうそう。先に断っておくけど、返事はいらないからね」

22

引き返した喫茶店の窓際の席で、加藤は考え事をするふうに頬杖をついて煙草をくゆらせていた。ずいぶん吸ったらしく、テーブルの上の灰皿は吸い殻で山盛りになっている。中に入って声をかけようと思ったのに、硝子《ガラス》越しに目が合ってしまった。手振りでそこにいるよう伝えてきたかと思うと、加藤は煙草をもみ消してあっさりと席を立つ。間を置かず、外に出てきた。

「お疲れさま。無事に話はついた？」

「はい。えーと、里穂子さんはバイト代をおれに返すつもりだったみたいです。あの時に渡した封筒、そのまま返されるところでした」

「へえ？　結構、意外な方向に来たね」

ずれてもいない眼鏡をかけ直す仕草は、どうやら加藤が何かを考える時の癖らしい。先を促すように慎を見た。

「当初の目的を達成したのと、おれを一方的に利用した形になるのが厭なんだそうです。最後にはお金は受け取ってくれたんですけど、代わりに食事を奢ってもらう話になりました」

「なるほど。で、彼女との食事会でも僕は蚊帳《かや》の外なわけだ？」

「そう、みたいです。でもおれ、謝られましたよ。この前はごめんなさいって。加藤さんに言われた通りだったとも聞きました」

「そう？　だったら僕も誘ってくれてもいいのになあ」

返った声が少し不満そうに聞こえて、慎は瞬く。見上げると、加藤はほんのわずかにだけれど顔を顰めていた。目が合うなりいつもの笑顔に戻って言う。

「これからどうする？　慎はどこか行きたいところがあるかな」

「え、あの美術館は？　期間限定の特別展があるんじゃあ……」

つい先日、加藤が同業の友人から招待券を貰ってきたのだ。今日は高垣と会う予定で慎も午後のアルバイトを休みにしたから、そのあとで行こうという話になっていた。

「特別展は来月まであるから、急がなくてもいいんじゃないかな。特に行きたいところがないんだったら、今日はもう帰ろうか」

「帰る、んですか……？」

自分でも、呆気に取られた声だと思った。それが伝わったのか、加藤は苦笑混じりに言う。

「慎は来週――今週か、ずっと予定が詰まってるだろう？　ゼミの集まりがあって大学の友達との初の飲み会に参加して、おまけに根岸くんとも会う約束をしたって言ってたよね」

「そう、ですけど……あの、いけなかったですか」

「うーん。僕としては、ちょっとね」

曖昧に笑って慎の背を押した加藤は、迷いのない足取りで本当に駅へと向かってしまった。日曜日の午後だけあって、乗り込んだ車内はそこそこに込んでいた。横並びに吊革《つりかわ》を握って立ったまま、慎はこっそりと加藤の様子を窺う。

ゼミの集まりは臨時に決まったものだが、これは仕方のないことだ。糸川たちとのつきあいは加藤自ら推奨してくれたもので、飲み会の件も誘われた時に訊いてみたら即答で行っておいでと笑ってくれた。

根岸とは、あれからメールのやりとりを繰り返して、四日ほど前に電話で話をした。会ってみようかという話になって、今は社会人になった彼に合わせて日を決めた。

(僕としては、ちょっとね)

結果的に、すべての予定が今週に入ってしまっただけなのだ。ひとつひとつを話した時には快く承知してくれた加藤が、どうして急にあんなことを言い出したのか。

気になったけれど、加藤の横顔を見ると訊くのがはばかられる気がした。

最寄り駅で電車を降りて、歩いてマンションへ向かう。大股に歩く加藤に遅れないよう足を早めながら、そういえば昼間にこの道を一緒に歩くのは初めてだと気がついた。それだけで何となく気をよくして、慎はそろりと話を切り出す。

「そういえば、里穂子さんから伝言がありました。加藤さんにって」

「へえ。何て?」

「責任はきちんと取りなさいよ、だそうです。言えば加藤さんには意味がわかると言われたんですけど」

慎を見下ろしていた加藤が、ふっと足を止める。数秒、黙って慎を見てから、苦笑のような顔をした。

「……了解、よくわかった。ところで彼女の連絡先は訊いた？」

「はい。あ、でも返事はいらないそうです、けど」

「そこまで予防線を張るかなあ。さすが、と言うべきなんだろうけど」

加藤がぼやくように言った時、ちょうどマンションの前に着いた。

時間帯の関係もあるのだろうが、このマンション内はいつも静かで人の気配を感じない。乗り込んだエレベーターの扉が六階で開くまで——開いても、人の姿は見あたらなかった。

「予防線て、何のですか？」

「うん。要するに、責任ていうのはきみを騙してたぶらかしたわけだから最後まできちんとしろって意味で、予防線は言い訳無用ってところ。……なんじゃないかと」

「え？」

呆気に取られて見上げた慎に苦笑して、加藤は自宅の玄関ドアを開ける。

そっと肩を押されて、慎は玄関の中に入った。背後でドアが閉じる音を聞きながら邪魔にならないよう奥に行こうとすると、ふいに背後から抱き込まれる。あ、と思った時には肩に顎を乗せられた格好で、近くから覗き込まれていた。

「あの、加藤さん……？」

「うん。今日のうちに慎を補給させてくれる？」

「ほきゅう、って……あ、の……っ」

意味がわからず言いかけた、その顎の裏に啄むようなキスをされて、思わず語尾が跳ね上がった。構うふうもなく今度はうなじから耳朶に吸いつかれて、それだけのことで肌の表面が痺れたような心地になる。

「ゼミの集まりと飲み会と根岸くんとの約束とバイトで、次の週末まで毎晩帰りが遅くなるわけでしょう。だったら週末まで一緒に遊べないよね？　なのに、今度は里穂子さんと食事の約束をしてきて、僕だけお断りになるわけだ」

「一緒に、遊べない、て……それに、里穂子さんとはまだ日にちとか決めてな……っ、あ、ん――」

やっとのことで言いかけた声を、キスで封じられる。振り返る形で顎を上げさせられる姿勢の息苦しさに背後から腰を抱いていた腕を摑むと、キスを続けたままで身体を反転させられた。玄関横の壁に押しつけられて、長く舌先が絡むキスをされる。

互いの唇の合間で、濡れた体温が動くのがわかる。そのたび耳に届く水っぽい音に、見えない指先でうなじを撫で上げられた心地になった。離れていく間際に下唇を齧られて、かす

かな痛みに背骨のあたりがぞくんとする。

こんなふうに触れ合うことには、少しずつ慣れてきた。けれど、慣れたら平気とはいかないようで、煙草の匂いを近く感じるだけで肌の表面がどうしようもなく緊張する。そのたびに、この人の傍にいたいと願っている自分を思い知らされる……。

「——……慎の周りに人がいるのは、いいことだと思うんだけどなあ」

つぶやくような声を、耳ではなく唇で聞いた気がした。ぐっと腰ごと強く抱き込まれて、膝から力が抜けそうになる。小さく肩を震わせて、慎は目の前のシャツの背中にしがみつく指に力を込めた。

「……加藤、さ……？」

「何だか奪られるような気がして落ち着かないんだよね。我ながら、心の狭いことだ」

自嘲《じちょう》気味の声にようやっと顔を上げると、苦笑めいた顔を向けられる。視線がぶつかるなり、ふいに胸が苦しくなった。

息が詰まって呼吸が浅くなるような——締め付けられるような、甘い痛みだ。その気持ちの正体を、今の慎はきちんと知っている。

目の前にいる人の肩にしがみついて、ぐらつく足に力を込める。気づいた加藤の表情が柔らかくなったかと思うと、応じるように頭を下げてくれた。

「加藤さん——……」

あとに続く告白は、うまく声にならなかった。

帰宅に気づいたのか、リビングのドアの向こうで子猫が鳴く声がする。それを聞きながら、慎は目の前の恋人に顔を寄せる。背伸びをして、ぎこちないけれど精一杯のキスをした。

おつきあいくださり、ありがとうございます。ワイヤレスのキーボードが欲しいと思いつつ、なかなか買いに行けずにいる椎崎夕です。

今回のコンセプトは、「とにかく甘く」です。過去に自分なりに甘くしていたつもりでいた内容が、客観的にはさほど甘くなかったらしいことが友人の指摘により判明したところに、甘い話を書きたい気分が重なった結果、こういうことになりました。

実際に甘いかどうかは読んでくださった皆様の判断にお任せするとして、気持ちとしてはそのつもりでしたという意思表明のみ。これで「いつも通り」という評価をいただきましたらば、改めて己を見つめ直してみたいと思います……。

ちなみにこの原稿を書くことになったきっかけは、前回にいただいたラフの加藤さんに椎崎が一目惚れしてしまったことです。実際に書いてみたら何やらアレな人になってしまった気がしなくはないのですが、……書き上げて前回の本を並べて読み直してみても違和感がなかったのでこれで良しということで。

そして、今回も挿絵を引き受けて下さった陵クミコさまには心より感謝申し上げます。今回のラフを拝見してやっぱりいいなあと心底思った加藤さんを早く見たいものだと思いつつ、本の仕上がりを楽しみにしております。本当にありがとうございました。

また、毎度ながら諸々ご面倒をおかけしてしまった担当さまにも、心より感謝申し上げます。次回はもっと進歩するように鋭意努力したいものだと……思うのは毎回思っているのですが……。ともあれ、本当にありがとうございました。

末尾になりますが、この本におつきあいくださった方々に。

何やら久しぶりに、書いていてほのぼのとした原稿になりました。できることなら、少しでも楽しんでいただければ幸いです。

椎崎夕

✦初出　ぎこちない誘惑……………書き下ろし

椎崎夕先生、陵クミコ先生へのお便り、本作品に関するご意見、ご感想などは
〒151-0051 東京都渋谷区千駄ヶ谷4-9-7
幻冬舎コミックス　ルチル文庫「ぎこちない誘惑」係まで。

幻冬舎ルチル文庫

ぎこちない誘惑

2012年6月20日　第1刷発行

✦著者	椎崎 夕　しいざき ゆう
✦発行人	伊藤嘉彦
✦発行元	株式会社 幻冬舎コミックス 〒151-0051 東京都渋谷区千駄ヶ谷4-9-7 電話 03(5411)6432[編集]
✦発売元	株式会社 幻冬舎 〒151-0051 東京都渋谷区千駄ヶ谷4-9-7 電話 03(5411)6222[営業] 振替 00120-8-767643
✦印刷・製本所	中央精版印刷株式会社

✦検印廃止

ISBN978-4-344-82546-8　C0193　Printed in Japan